W0353305

DU MÊME AUTEUR

Aux Éditions Gallimard

L'EAU QUI PASSE, roman, 2018.

AVEC BACON, 2019 (Folio n° 6954).

Chez d'autres éditeurs

Romans, récits

EST-CE BIEN LA NUIT ? Stock, 2002.

PRÈS D'ELLES, Flammarion, 2003.

ET LES ARBRES N'EN SERONT PAS MOINS VERTS, Assouline, 2005.

LA MÉLANCOLIE DE NINO, Scali, 2006.

LE PÈRE DE MON PÈRE, Philippe Rey, 2008.

VILLE CLOSE, Écriture, 2013.

VISIBLE LA NUIT, Fayard, 2014.

LES UNS CONTRE LES AUTRES, Fayard, 2015.

LE BRUIT DE LA MER, Flammarion, 2020.

HISTOIRES NATURELLES, Mercure de France, 2022.

Beaux livres / essais

LA PEINTURE MODERNE, Nathan, 1985.

ORSAY PEINTURE (avec Jean Selz), Nathan, 1986.

LEXIQUE TOXIQUE, illustré par Roland Topor, Michel Lafon, 1996.

VOYEUR DE PREMIÈRE, Mentha, 1991 ; La Table Ronde, 1998.

LE PARIS DE LAUTREC, Assouline, 2005.

GAINSBOURG FOR EVER, Scali, 2005.

MAEGHT, UNE AVENTURE DE L'ART VIVANT (avec I. et Y. Maeght), La Martinière, 2006.

L'ODEUR DU SANG HUMAIN NE ME QUITTE PAS DES YEUX. CONVERSATIONS AVEC FRANCIS BACON, Mille et une nuits / Fayard, 2009.

LE DERNIER MODÈLE, Mille et une nuits / Fayard / Pluriel 2012.

GAINSBOURG À REBOURS, Fayard, 2013.

L'HOMME QUI MARCHE, Fayard, 2016.

Franck Maubert

UNE ODEUR DE SAINTETÉ

ROMAN

MERCVRE DE FRANCE

© *Mercure de France, 2023.*

À Dominique, à Patrick
À Pamela

Je considère le monde comme une vaste réserve de parfums et d'odeurs. Je ne me souviens plus exactement des tout premiers, ceux d'avant les fleurs, des roses aux arômes si changeants adossées à la treille des pierres chauffées au soleil, ceux des mousses humides des sous-bois, peut-être ceux brûlés du caoutchouc d'un pneu, mêlés à ceux du goudron chaud, ou encore ceux de la poudre des pétards lancés par des gamins de l'école. Mais bien avant, toute petite fille, la forte prégnance puante de mes propres excréments, miasmes innommables, m'avait profondément perturbée, même dégoûtée. Il m'était impossible de vivre au rythme de cette putréfaction, de ce monologue intérieur obsédant. J'avais décidé de ne plus me nourrir. Il m'a fallu réapprendre à manger. Ma mère, fine cuisinière, s'en est chargée, s'y est appliquée. La laitue fraîchement cueillie dans le jardin, les herbes, persil ou cerfeuil, plus tard l'ail qui pique les narines ou encore l'oignon cuit m'y ont aidée. Peu à peu j'ai apprécié les saveurs des aliments, celle de la rhubarbe aux tiges marbrées de rouge, que ma mère faisait fondre avec une noix de beurre et du sucre, qui embaumait d'une légère amertume nos soirées de fin de printemps. Et toujours, quand ces arômes parviennent à mes narines, ils réveillent ma gourmandise. Il me suffit de plisser les yeux et les jours anciens apparaissent. Les senteurs tendres de la maison de pierre et son grand jardin plein de pluie ressurgissent. Comme il était plaisant, au mois de juin, de m'assoupir sous l'épais édredon des fleurs de tilleul. Sa douceur sucrée annonçait les jours tranquilles de l'été. J'avais une petite camarade avec qui je cabriolais dans les chaumes, durant les vacances, insouciante et heureuse, et au temps des moissons, à l'exhalaison des champs de blé fraîchement coupé, de la chaleur des foins, j'associe le ravissement et, peut-être, le parfum de la félicité, celui d'une peau laiteuse égratignée, de sang séché. La mémoire olfactive n'efface pas les jours enfouis, elle étire le temps, ravive les souvenirs, nourrit les légendes, fait rayonner en nous toute la vie. Les demeures ont leurs senteurs fidèles qui somnolent quelque part dans un coin de la tête, comme des gardiens de l'enfance. Nous vivions au bord d'une rivière, des remugles de vase remontaient, leur âcreté me semblait venir des profondeurs de la terre, ils ne m'ont jamais quittée et je ne peux que les aimer. Les jours de chaleur, lorsque je marche sur les quais de la Seine, comme aujourd'hui, quelque chose de sourd monte en moi, m'emporte et dilate mon cœur.

Le monde des odeurs m'attirait à un point tel qu'il s'est imposé comme une vocation, ce goût pour les parfums est devenu une passion, ma passion, j'en ai fait mon métier. J'ai appris à reconnaître et à mémoriser toutes sortes de fragrances et à les traduire, les assembler. Ainsi, toutes leurs subtilités les plus diverses sont classées dans ma tête comme les livres d'une sage bibliothèque avec ses curiosités, ses surprises et ses fantaisies. Je parvenais, sans peine, à distinguer tous les composants d'un vin par exemple. J'avais même, un moment, envisagé la profession d'œnologue mais le milieu très masculin des sommeliers m'y a fait renoncer. Les fleurs et la botanique ont ma préférence. Il y a quelque chose d'émouvant à suivre l'horloge de la nature, ses effluves qui accompagnent la fuite du jour. J'ai appris avec beaucoup d'intérêt, dans les jardins de Grasse, la savante alchimie des préparateurs qui consiste à soustraire aux pétales de fleurs, aux noyaux, aux graines, aux racines, aux rhizomes, aux écorces, aux feuilles, aux gommes, bref à extraire des plantes leur part invisible :

leur parfum. J'ai pris beaucoup de plaisir à comprimer, macérer, tamiser, mixer, mélanger, pétrir, broyer, filtrer, concentrer tous ces ingrédients, les transformer en poudre, en pommade puis en liquide jusqu'à l'étape ultime de la distillation. Il m'a fallu apprendre tous les secrets de ces senteurs, les maîtriser, savoir les contenir et les conserver. La science de capter l'esprit des fleurs, des résines, des sécrétions animales requiert grâce, finesse et raffinement. Je suis rompue à l'exercice et travaille pour un laboratoire au service des plus grands parfumeurs.

Je me souviens avoir lu dans une anthologie cette phrase : « Le printemps a des fleurs dont les arômes m'ennuient. » Et je me demande encore comment un poète avait pu avoir cette pensée tant les vertiges fugaces d'une pivoine, d'une violette ou d'une brassée de lilas offrent un plaisir immédiat, une offrande unique à celui qui les respire.

Nous sommes en février, et par cette journée ensoleillée on se croirait déjà en avril, j'ai décidé de faire le chemin à pied. Bien avant d'apercevoir la masse jaune d'un mimosa, dont le soufre éblouissant éclate entre deux immeubles, j'ai saisi sa douceur paillée qui se mêle aux vapeurs de gazole des taxis. Je m'arrête un instant pour contempler ce bouquet subreptice et en profite pour consulter les messages sur mon portable.

« Le diacre Caposi et moi-même vous accueillerons à la faculté, entrée principale, au troisième étage Porte C. Cordialement. Alexandre Bonnencontre. »

D'une fenêtre s'envole un air baroque. Est-ce cet instrument dont on dit qu'il a la voix humaine ? Sur le même trottoir, un peu plus loin, les portes ouvertes d'un centre sportif laissent échapper de fortes émanations de sueur. Et au fur et à mesure de ma marche, encore plus loin, le long d'un square, d'un talus aux herbes pelées montent des relents d'urine. En ville, la façon dont tout se mélange dans l'air a quelque chose de déconcertant. Et il est simple pour le commun des mortels de constater qu'il y a plus de mauvaises odeurs qui nous mettent mal à l'aise que de bonnes. Au quotidien, posséder un nez puissant est, en fait, un handicap plus qu'une qualité.

Quand le professeur Bonnencontre m'a appelée, j'ai tout d'abord cru à une mauvaise blague. Je suis dépêchée pour une bien étrange mission, remplir un office que « personne d'autre que vous ne peut remplir », m'a-t-il dit. On me charge d'aller renifler le cœur d'une future sainte, en vue d'une béatification, vérifier avec mon nez un cœur, un cœur censé être souverainement pur. J'ai souri et m'est revenue en tête cette définition d'un saint que j'avais lue quelque part : Quelqu'un qui a purgé sa peine.

Émérence, c'est son étrange prénom, devrait être canonisée dans quelques semaines. J'ai effectué de rapides recherches et j'ai découvert une sainte, morte en 304 après J.-C., contemporaine de sainte Agnès. Ça ne pouvait donc pas être la même. Et c'est à moi qu'il revient de décréter si cette inconnue est en *odeur de sainteté*, moi une agnostique. Quand on m'a fait cette proposition, j'ai été prise d'un rire nerveux et bêtement j'ai pensé : Comme si le prénom de tous ces saints inconnus inscrits sur un calendrier ne suffisait pas. Les plus célèbres, ceux proposés en exemple, ne soulagent-ils pas ? À quoi bon allonger la liste ? Puis l'expérience m'a tentée et j'ai finalement accepté ce défi mystérieux. Je me suis dit qu'il y a toujours de la vie même dans ce qui est mort. Je ne connaissais rien au processus de canonisation que j'imagine lent et semé d'embûches.

Un soleil encore pâle éclaire les façades grisées par la pollution. J'évite de penser à ce qui m'attend, mais une appréhension m'occupe et me taraude. L'air est doux comme le sont parfois les journées d'un printemps précoce. Je décide de marcher jusqu'au-delà de la limite de la ville pour me rendre à la faculté de médecine où ce singulier rendez-vous m'a été fixé. Tranquille en apparence, troublée intérieurement. Que fait ce cœur au sein d'une université ? Tout cela me chiffonne. Je suis la Seine jusqu'au moment où je dois regagner le niveau des voitures et longer des immeubles récents aux formes géométriques appuyées dont les volumes anguleux se reflètent sur leurs façades lisses et composent une galerie des glaces sans fin. Je m'égare au milieu des buildings et, après avoir demandé ma route à un passant, je coupe à travers un jardin public bordé d'un lac. La faculté se situe un peu plus loin, quelques centaines de mètres, juste à la sortie de la ville. Un ancien panneau Michelin en lave émaillée annonce les limites de Paris, cinq lettres bleues barrées d'une diagonale rouge. La borne sur son pied de béton armé se tient comme le témoin d'un autre temps, comme ce cœur qui ne bat plus et qui m'attend.

Avant d'entrer dans l'immeuble de verre et de métal des années 1970, je m'arrête au pied des marches, active le mode « Avion » de mon portable et reprends ma respiration. Une dernière fois, je me demande pourquoi j'ai accepté cette étrange mission. Par curiosité sans doute, l'expérience m'intrigue. Des étudiants sortent du bâtiment par grappes de deux ou trois, les filles et les garçons me paraissent très jeunes, puis ils s'éparpillent sur le campus. Je me dis qu'il y a bien longtemps que je ne me suis rendue dans une fac.

Deux hommes patientent dans le hall. J'ai compris aussitôt qu'ils guettent mon arrivée. À ma vue, leurs chuchotis cessent. C'est Alexandre Bonnencontre qui le premier s'avance vers moi, ce médecin légiste et professeur de médecine enseigne à la faculté, il m'a contactée quelques semaines auparavant. Il m'avait dit : Vous avez la réputation d'être notre meilleur nez, d'avoir un odorat infaillible, mieux que nulle autre, un peu comme une focale cellulaire capable de scruter ce que l'œil nu ne peut discerner. Jeanne Doucet, nous vous attendions. Alexandre Bonnencontre me remercie d'être venue jusqu'à eux et vante mes qualités auprès du diacre. Ce qui provoque chez moi une gêne, je baisse la tête.

Les cheveux en broussaille, vêtu d'un pantalon de velours côtelé orange et d'un blouson en jean, des bagues à ses doigts : sa désinvolture tranche à côté de la tenue sobre de l'homme au costume noir lustré, presque usé par endroits. Au revers de sa veste, une petite croix d'argent. Il a l'air jeune mais, à cause de sa calvitie, son teint de poussière, il m'est impossible de lui donner un âge, peut-être la quarantaine. Bonnencontre, malgré sa décontraction, lui, doit avoir dépassé la cinquantaine. Le diacre Caposi se présente au nom du diocèse en excusant l'évêque retenu ce jour-là par d'autres obligations. Avant de me serrer la main qu'il garde longuement dans la sienne, il remonte ses lunettes fumées sur le front de sa face de poisson. L'onctuosité de ses yeux bleus, de ses paroles. Il me remercie d'avoir accepté bénévolement cette tâche délicate. Ses mots sortent de sa bouche comme ralentis. Je parviens difficilement à dégager ma main de sa paume, pressée de me soustraire à son odeur de camphre et d'encens froid. Je n'y peux rien, c'est animal, lorsque je rencontre quelqu'un, c'est tout d'abord mon nez qui s'exprime. Il m'arrive parfois de rêver souffrir d'anosmie tant les gens empestent, sans même qu'ils s'en rendent compte. Le professeur, lui, doit s'asperger d'une eau, cédrat et bergamote, *Aqua mirabilis Coloniae*, associée à du tabac blond froid. Lorsque nous passons près du distributeur automatique à café, il me propose une boisson. Je refuse et dois lui expliquer que n'importe quel breuvage pourrait perturber mes facultés olfactives. Pardonnez-moi, je suis sot, votre outil de travail..., murmure-t-il.

Pourquoi le cœur d'une religieuse est-il conservé dans une faculté de médecine ? La question me revient une fois encore, me brûle les lèvres ; je me retiens de la poser à l'homme d'Église comme au médecin. Après avoir pris un ascenseur nous avançons tous les trois de front, en silence, dans un couloir monotone, le professeur les mains dans les poches et le religieux, derrière le dos. Nous franchissons une première porte, une deuxième et enfin, tout au fond, une dernière qui s'ouvre sur une pièce où se tient un homme vêtu d'une blouse blanche qui se confond dans la neutralité du décor. Le professeur n'a pas à se présenter, il décline mon nom et ma fonction ainsi que l'identité du diacre, Victor Caposi. Le laborantin nous invite à nous asseoir autour d'une table au plateau en Formica. Une gêne s'installe. Les fenêtres à guillotine sont closes et la pièce sans effet comme pourrait l'être un laboratoire désaffecté. L'auxiliaire se dirige vers un meuble métallique, sort un trousseau de clefs de la poche de sa blouse. La porte grince et, du fond de l'armoire, il extrait un coffret rectangulaire en bois clair de petite taille, un ruban bleu pervenche noué autour. Nous le fixons tous les trois, le visage sans expression, comme hypnotisé par le parallélépipède, puis nos regards finissent par se croiser. Le silence s'impose de fait.

Le laborantin referme le placard, et s'approche, trésor en main qu'il dépose avec précaution sur la table. Il dénoue la faveur de bolduc, ouvre la boîte à l'aide d'une minuscule clef. Au milieu de la ouate jaunie repose l'objet, un cœur en argent gravé, et, reliée à un fil, une étiquette. Mes mains se mettent à trembloter comme si je grelottais. J'essaie de me maîtriser et que personne ne le remarque. Un brusque rayon de lumière fait briller la châsse argentée. Maintenant, à vous d'opérer, me dicte d'une voix solennelle Alexandre Bonnencontre. Une pensée me traverse l'esprit : c'est la première fois que je procède à une telle expérience et je ne suis pas sûre de moi. Je demande à être seule face au reliquaire afin qu'aucun autre obstacle ne vienne me distraire. Dans un hochement de tête, les trois hommes s'éloignent de la table, quelques pas traînants en arrière. Je prends mon temps, examine l'écrin finement guilloché. Alexandre Bonnencontre, qui m'observe, remarque mon hésitation et me répète d'une voix plus ferme : Maintenant, à vous d'opérer. J'ai l'impression que nous jouons tous une comédie. Nous ne pouvons échapper à un aspect théâtral malgré le décor d'une blancheur lactique qui exagère le contraste. Je ne sais pas à quoi correspondent les obscures inscriptions à l'encre violette sur la fiche, quelques mots en latin d'une fine écriture chantournée, illisible, probablement ultérieure, due à une main anonyme. Seuls un nom et des dates en plus gros caractères se détachent distinctement : Denosse 1815-1846. J'aimerais tant voir apparaître son visage. Une photographie ? Impossible, la technique balbutiait à peine. Une peinture ? Un dessin ? Des recherches seront nécessaires, on ne sait jamais. Et Émérence, ce prénom troublant, qui désoriente... Je dois soulever un mécanisme délicat et regarder ce qui reste d'un cadavre. D'un coup d'ongle je pousse le mentonnet, le couvercle du cardiotaphe se soulève. Apparaît une toute petite chose, un petit rien : un fruit sec de couleur brune. La vie prise dans la mort comme un fossile dans une roche. Un cœur ancien, limbes de l'existence. Je ne peux retenir un court cri sec, un cri d'effroi. J'ai peine à croire que cette noix, petit bloc compact a battu un jour, a été le moteur d'une vie. Je perçois le poids des regards des hommes qui se tiennent debout, quelques pas en arrière ; ils savent se taire. Le prêtre, lui, ne peut s'empêcher de s'approcher et de retenir le signe de croix, geste d'une bénédiction, prêt à baiser le fer-blanc. Il marmonne un chant inaudible, je l'entends à peine. D'un mouvement, je lui demande de s'écarter, de peur qu'il ne poursuive ses prières, de sentir son haleine. J'attends qu'il retrouve sa place. Un malaise s'installe. Il me faut m'exécuter rapidement. Pour flairer, renifler, je m'y prends à trois reprises. Tout d'abord, je fais le vide, ferme les yeux, enfin concentrée, contracte mon thorax, gonfle ma poitrine, puis incline ma tête sur le reliquaire en argent aussi gros qu'une boîte d'allumettes. Alentour, le silence. Mon nez maintenant à quelques centimètres, si près du petit cœur, si petit qu'il ressemblerait à une mandarine rétrécie à la peau desséchée. Le mien palpite. Je reste un moment à regarder ce caillou alourdi de quiétude, presque à l'admirer, puis, les yeux fermés, je me lance, nez en avant, de longues secondes toutes narines ouvertes à aspirer de profondes bouffées juste au-dessus. C'est comme si un autre monde entrait en moi. Habituellement, lorsque je pratique ce type d'exercice à l'aveugle, avec divers corps étrangers, des feuilles sèches, des lichens, des herbacées ou des fruits, se dégagent des évocations précises, impressions nettes de matinée d'été ou de printemps, d'iode ou de jardins exotiques. Là, quelque chose d'inconnu vient me caresser les narines, tout d'abord une douceur condensée, un monde sous narcotiques, encore endormi, qui laisse part à l'imagination, non sans trouble, sans appréhension. Des motifs colorés se mettent à papillonner, des lumières informes, abstraites dansent comme à l'intérieur d'un kaléidoscope. Une mélancolie s'empare de moi. J'entends venir une peine lointaine. Alors la notion du temps disparaît, l'esprit ne peut que sombrer dans un abîme peuplé d'ombres. Je me tasse sur moi-même. Je m'efforce de m'extraire de cet étourdissement, de ressusciter. Je finis par lever un peu la tête dans l'impossibilité de parler. Je sens le rose me monter aux joues, comme si j'avais bravé un interdit. D'abord, un gros soupir puis, en lenteur, ces mots s'échappent de mes lèvres comme si quelqu'un d'autre les prononçait : Il est plein de nuit. Je ne savais quoi dire d'autre. Par les fenêtres des immeubles, le contraste saisissant d'un ciel blanc. L'espace de quelques secondes, j'ai eu l'impression d'un voyage dans le temps. Je referme avec précaution la châsse d'argent en forme de cœur et je me retourne vers les trois hommes, spectateurs impassibles. Leurs visages perdent leur fixité pensive et je peux y lire une sorte d'émoi. Le diacre Caposi a placé ses lunettes fumées sur son front dégarni et se signe à nouveau. Vous êtes satisfaite ? La lumière est si crue qu'elle mange une partie du visage d'Alexandre Bonnencontre. Je bredouille : Je sais si peu de choses d'elle... – Nous préférons vous renseigner une fois votre expertise faite, nous ne voulons pas vous influencer. L'homme à la blouse blanche reprend le reliquaire et le range dans son armoire, un trésor dans son coffre.

Alexandre Bonnencontre me propose de m'isoler dans son bureau situé à l'étage au-dessus afin que je rédige mes impressions. À moins que vous ne préfériez travailler ici, si cela ne vous dérange pas. – Ça ne me dérange pas. Je m'installe et sors de mon sac à main un bloc Oxford et un stylo-feutre. Alexandre Bonnencontre, suivi du diacre Caposi, quitte la salle. Prenez tout votre temps, nous nous tenons dans la pièce d'à côté. Avant d'écrire, je me dis que les sensations restent toujours tributaires de leur objet. Comment demeurer insensible face à cette noix de vie ancienne ? Ma vision se trouble, page blanche comme de l'eau tremblée. Quel vocable pour dessiner l'éphémère ? Absence de référence. Le cœur n'est pas un vin habillé de sa tunique cuivrée, celui des peintures flamandes, celui qui claque sous la langue, enivre, rend la bouche d'or et fait couler paroles et rires. Le cœur s'est tu, depuis longtemps, deux siècles, langue morte, sang éventé. Quels mots pour célébrer la disparue ? Les parfums ont ce pouvoir de tirer du sommeil une vie. J'avais appris que le mélange se fait dans la mémoire ; les odeurs vous embarquent, vous font rêver, alors surgit le verbe. Je ne serais pas bavarde. On m'avait prévenue : Quelques phrases suffiront, juste vos impressions. Soudain une image infuse tout mon être. Me viennent les mots, des mots noués les uns aux autres pour ce lambeau de chair morte d'une couleur vermeil vieilli, cuir patiné, bogue froide à la raideur de marbre. Peur de m'égarer dans ce noyau d'ombres odorantes. J'inscris sur la feuille quadrillée mon tout premier sentiment : Un cœur plein de nuit. Je pourrais m'y arrêter mais je poursuis : Odeur somnolente, complexe de chaleur et de mousse, suavité et douceur. Oubli, espérance antique. Et toujours, comme sous une dictée automatique, je tisse un ramage de baumes, de préparations d'apothicaires : Aloès, traces de substances diverses, alun, fruits, pomme probablement, absinthe, menthes, myrrhe, sauge, benjoin peut-être, minéral éventé, roches brûlées. Ma langue se tarit dans la confusion. Je conclus simplement : Une senteur ténue mais voluptueuse caractérise ce petit cœur. Je ne sais pourquoi, sans m'en être rendu compte, une larme échoue sur la page, s'étale sur le mot « suavité » formant une trace circulaire bleue d'aquarelle.

Après être restée un moment abasourdie, je rejoins le professeur Bonnencontre et ses acolytes. Je lui tends mon bloc-notes comme une bonne élève rendrait sa copie. Il parcourt le paragraphe. Le diacre Caposi, plus grand, très maigre, se glisse par-dessus son épaule, tout aussi curieux de mon commentaire. N'est-ce pas lui, après tout, le premier intéressé ? Mes doigts se nouent, un trait glacial remonte le long de ma colonne vertébrale. Après avoir lu, tous les deux me regardent en hochant la tête. Je soupçonne une déception dans le regard du professeur. Un mince sourire de satisfaction sur les lèvres du diacre me rassure. Bonnencontre se tourne vers lui qui dodeline de la tête. À vous la parole, mon père. Les yeux mouillés, Victor Caposi me fixe de son regard clair : Ce n'est pas à moi de décider, je dois attendre le verdict final de l'évêché, mais, pour moi – il se mord les lèvres – vos impressions ne font que confirmer la sainteté de la fille de Dieu, Émérence Denosse. Vous avez su entendre ses lamentations mélodieuses, ça ne fait aucun doute. Il poursuit de sa voix grêle : Au nom de Dieu, je vous remercie. Il recule de quelques pas, baisse la tête, prostré. Il me remercie à nouveau. Je me surprends à m'incliner pour le saluer. Je n'avais pas remarqué ses pieds nus dans les sandales. Sans doute ne le reverrai-je plus jamais. Alexandre Bonnencontre me demande de leur poster ma note par mail et me tend une carte de visite sur laquelle il a crayonné les coordonnées du diacre Caposi. Je lui promets de lui envoyer mon compte rendu dans les prochains jours. Il me raccompagne jusqu'au rez-de-chaussée, toujours cette nébuleuse d'eau de Cologne autour de lui, favorisée par un courant d'air. Arrivé au pied de l'escalier, il tire de sa poche un paquet de cigarettes : Maintenant, je peux ? Et il m'explique qu'il va se charger de poursuivre ses recherches, examens chimiques du cœur d'Émérence Denosse, passage au scanner afin de déterminer les causes de sa mort et tenter de déceler ses maladies. Il me dit : Si les suites vous intéressent, je vous préviendrai. Oui, désormais, il m'était impensable de ne pas en savoir plus. Je ne lâcherai plus Émérence Denosse.

En sortant, sur le campus presque désert je ressens un soulagement. Je ferme les yeux et respire à pleins poumons ; plus besoin d'avoir l'odorat aux aguets, j'oublie tout à coup où je suis, et presque, qui je suis. Le soir tombe, souffle une brise nocturne. Dans les plis du vent des nuages se pourchassent, flottent des hydrocarbures, des chants d'oiseaux comme une espérance. Je traverse le jardin public. Deux cygnes, deux taches blanches, se tiennent immobiles sur le lac. On peut imaginer des statues posées sur l'eau. Une averse me surprend. La pluie, une délivrance, des larmes glacées et silencieuses coulent sur mon visage, toute la tension se relâche. Je grelotte. La lumière d'un café, j'y entre et commande un vin chaud. Les notes de cannelle et d'orange m'enveloppent la gorge. Au fond de la salle des étudiants, le rire des étudiants. D'un coup, j'ai l'impression d'avoir vingt ans. En sortant, les rares personnes que je croise pressent le pas comme moi. Certaines me bousculent. Je me hâte jusqu'à un arrêt d'autobus qui doit mener à Paris. Soudain, la pluie redouble. Je frissonne. Mes vêtements trempés, monte le froid aigre des tissus, de mes cheveux, de ma peau. Dans le bus, l'air accablé des femmes et des hommes rentrant des bureaux, tous penchés à activer leur portable dans une odeur de chien mouillé. J'accuse un coup de fatigue, j'appuie mon front contre la vitre embuée. Il me fallait reprendre pied, la présence d'Émérence ne me quitte pas, je ne m'attendais pas qu'elle m'envahisse à ce point, qu'elle scintille dans mon esprit.

Je me suis endormie avec sa flamme douce, et réveillée bien avant l'aube, froissée dans le déchirement des rêves. Je l'imagine couverte de soie et de velours, d'étoffes souveraines, des perles à son cou, je me trompe sans doute, mais je la vois comme ça. J'entends encore les battements d'un cœur et ce n'est pas le mien, ces battements que j'espère. Les faits sont toujours plus intenses la nuit, grossis comme au travers d'un microscope. Je me heurtais à des murs arides, m'épuisais à appeler, hurlais et personne pour me répondre. Peu à peu, mes cris résonnaient jusqu'à s'éteindre. On croit tout surmonter la nuit, même à genoux. Il me faut me raisonner, endiguer ces visions. Je m'y égare. Je ne savais pas qui elle était, je n'en savais pas assez. Je brûle d'envie de la connaître, retrouver celle qui venait de m'offrir ce qu'elle avait de plus intime : le parfum de son cœur, ce cœur qui m'a imprégnée. Est-ce cela ce qu'on appelle l'odeur de sainteté, ce sentiment qui vous entraîne dans l'au-delà ?

Émérence, ce nom me paraît si beau. Je souhaite un

monde qui nous rapproche. Je n'avais pas de pistes, aucune référence. Je prendrai mon temps, j'aurai la patience de la retrouver. Après de rapides recherches sur Internet, je n'ai découvert qu'une jeune martyre morte au début du IVe siècle, Émérence, ou Émérentienne. Une esclave, née à Rome, porte le même prénom, « sœur de lait » de sainte Agnès, lapidée sur la tombe de celle-ci. Des illustrations la représentent avec des cailloux dans son tablier, au niveau de sa taille, ceux de sa lapidation qu'elle reçut dans son ventre. Sur le pilier d'une église, son visage à demi effacé laisse deviner l'air contrit d'une martyre. Mais ce n'est pas elle, ce n'est pas Émérence Denosse... Qui es-tu, Émérence ? Pouvait-il y avoir deux saintes portant le même prénom ? Sans doute : je consulte un guide des saints qui recense bien une demi-douzaine de Marguerite.

Dans quel cosmos voyagent les saints ? Peut-être l'espace indéfini de la foi. On ne sait rien d'eux, si peu, et pourtant, ils sont adulés, fêtés, vénérés. Des proies livrées à nos fantasmes. On les embellit de l'auréole des légendes. J'aimerais tant connaître celle d'Émérence. Et la voir surgir du passé, entendre sa voix. Je sens qu'elle se dérobe, mais je chercherai, je rassemblerai les bribes de sa vie. Depuis mon divorce récent, je suis livrée à ma solitude, comme elle isolée dans son cénotaphe. Je prendrai du temps pour elle.

J'ai eu soin dans mon rapport envoyé au diacre Caposi et au professeur Bonnencontre de détailler toutes mes sensations avec précision, n'omettant pas de souligner le caractère troublant de cette expérience à laquelle j'avais bien voulu me livrer, curieuse malgré mes réticences. J'ai ajouté un mot plus personnel à l'adresse du diacre, l'influence qu'Émérence a sur moi et tout l'intérêt que je lui porte désormais, combien elle m'attire et perturbe ma vie, sans que je sache ni comment ni pourquoi. J'ai même écrit cette phrase insensée : « Je sens son corps dans mon corps. » J'attends sa réponse.

J'ai hésité avant de taper sur la touche « Appel » de mon portable puis je me suis décidée à composer le numéro d'Alexandre Bonnencontre ; lui et le diacre Caposi sont mon unique espérance. Sous son nom, j'avais juste inscrit le mot « cœur. » Une suite de sonneries, puis sa voix reconnaissable, celle de son répondeur. J'ai préféré raccrocher sans laisser de message. J'ai tout de suite pensé qu'une fois le travail demandé accompli, il n'avait plus besoin de mes services, il m'ignorerait. Après tout, je ne connaissais cet Alexandre Bonnencontre que de réputation. Sa proposition m'avait intriguée, je n'y avais pas résisté.

Ma séparation avec mon mari a accentué mon manque d'assurance. Mes amies m'ont dit que c'était devenu ordinaire et qu'à cinquante ans il faut savoir se reconstruire, que la vie continue, qu'une renaissance est possible. J'avais bien conscience de tout cela et, malgré leurs encouragements, j'étais à terre, je me sentais vulnérable. Je n'allais tout de même pas m'inscrire sur un de ces sites de rencontres, me livrer en pâture sur Internet et cocher des cases ! Maintenant j'étais libre de mon temps, je me tenais prête à toutes les aventures et j'avais l'impression de redécouvrir la vie, comme on peut à vingt ans se lancer dans l'inconnu avec un enthousiasme voilé d'appréhension.

Pendant trois jours, j'espérais un signe quelconque et j'ai continué à mener ma vie, sans oser le rappeler. Le laboratoire où j'exerce ne me prend que quelques heures d'activité chaque jour. Je cherche à recréer cette curieuse senteur que le cœur d'Émérence avait dégagée. Je n'y parviens pas. J'ai tenté en assemblant des essences végétales douces et des fragments de calcaire broyé. Trop acide, trop aigre, trop. Impossible de reconstituer le souvenir éphémère de ce que j'ai pu ressentir l'autre soir à la faculté. Je poursuis mes tentatives, malgré tout. Chaque jour, je me hasarde à d'autres associations : herbes rares, diverses sécrétions, extraits de styrax, sang séché... sans résultat. J'essaie d'oublier Émérence, de me divertir devant de vieux films, visiter des musées. Mais il m'est difficile de m'en défaire. Elle me couve, elle m'épie, c'est une vrille, elle ne me laisse pas une seconde de répit. Elle ne cesse de reparaître sous des aspects différents dans des bulles fragiles. Sous les traits d'une actrice, peut-être ceux d'une star du muet, j'imagine les siens d'une finesse et d'une distinction singulières. Au musée de Cluny où j'aime flâner, toutes les saintes deviennent Émérence. Peu à peu tous les contours s'animent et se mêlent puis s'effacent sous un éclairage particulier, flous comme ceux qui se poursuivent dans mes nuits où vibrent les songes, parfois dans un sfumato, sous la grâce d'un cercle imperceptible. Visions de personnages flanqués d'ailes sur fond or... tout se brouille dans mon esprit. Autant de silhouettes imprécises, d'apparitions incertaines, autant de successions de taches colorées dont il ne reste presque plus rien dans les nuages d'écume du réveil. Les matins, j'ai un passage à vide, mon corps se contracte. Je m'obstinerai à tout connaître d'elle.

Le quatrième jour, alors que je pensais rappeler Alexandre Bonnencontre, mon portable sonne et son nom suivi du mot « cœur » s'affiche sur mon écran. Une voix profonde, assurée, celle que j'attendais, me propose de me montrer les résultats de ses études scientifiques menées sur le cœur d'Émérence Denosse. Il ajoute : Je vous l'avais promis. Il me donne le choix de nous retrouver à la faculté où nous nous étions rencontrés ou à son bureau du Quartier latin. Je ne peux retenir un « oui » joyeux. En raccrochant, j'ai pensé qu'il avait dû me prendre pour une étourdie. Le rendez-vous fixé au lendemain dans Paris me paraît plus commode, j'habite le quartier de l'Odéon.

Je dégringole à toute vitesse les marches de la rue Antoine-Dubois jusqu'au niveau de la statue de Vulpian, et je reprends mon souffle, regarde le bleu du ciel avant de composer le code que m'avait communiqué Bonnencontre. Le lourd vantail peint en rouge basque s'ouvre automatiquement. Dans la cage d'escalier, je me laisse guider par une odeur de tabac blond mêlée à celle d'eau de toilette qui me mène jusqu'au troisième étage. C'est le professeur qui m'ouvre, il me serre la main, me remercie. Il porte la même tenue colorée qu'à la faculté l'autre soir. Même sa mine a l'air chiffonnée. Je lui emboîte le pas dans un long couloir encombré de piles de documents d'un côté, de l'autre une bibliothèque tapisse le mur. À l'extrémité, un bureau exigu où s'entassent encore des livres et des chemises, des classeurs. Dans un coin traînent les reliefs d'un repas, assiettes et gobelets en carton. Odeur de poussière, tabac froid et vieux papiers. Un cendrier déborde de mégots et autres bouts-filtres. J'éternue et m'en excuse. Mon nez me joue des tours. Lui, le sourire indulgent, s'excuse du « bordel » : Je sais, une chatte n'y retrouverait pas ses petits, je n'arrive plus à m'organiser, j'aurais bien besoin d'une assistante... Je souris timidement. Il m'invite à m'asseoir dans un lourd fauteuil encombré de divers dossiers. Je préfère rester debout à ses côtés. J'ai hâte de connaître le résultat de ses recherches. Tout en haut d'un rayonnage, un crâne humain s'appuie sur une grosse encyclopédie, les orbites dirigées vers moi, il semble me défier et me narguer. Je sens tressaillir en moi quelque chose de confus. Alexandre Bonnencontre saisit une des grandes enveloppes Kraft en haut d'une pile, sur laquelle est inscrit à l'encre noire le nom Émérence Denosse, comme s'il s'agissait d'une patiente bien vivante. Son regard croise le mien, il lève les sourcils. Tout en tirant des planches radiographiques semblables à des images IRM, il allume une boîte à lumière et dépose un premier film. Le carbone 14 date l'organe plus ou moins vers 1845. Il ajoute : Il y a toujours une marge d'erreur réduite, ce qui correspond aux indications que nous avions par ailleurs sur le sujet. Il se racle la gorge et poursuit : Vous serez rassurée, on retrouve après analyse, grosso modo, les produits d'embaumement, et les espèces végétales que vous avez détectées. Plus quelques traces de cyprès et de cinnamome, probablement, des huiles d'onction aromatiques... J'ai conclu à un embaumement hâtif. Pourquoi ? Je ne sais. Sa voix s'adoucit, je sens son haleine de tabac blond et de café : Mais vous serez sans doute déçue, vous n'apprendrez rien sur son humeur, son tempérament, sa tristesse, son chagrin... On n'apprend pas grand-chose d'autre.

Alexandre Bonnencontre poursuit et m'explique que dans la fabrique du cœur il se trouve une disposition occulte et merveilleuse qui, même après la mort et même dans un cœur coupé, continue ses mouvements de systole et de diastole. J'ai du mal à réduire le cœur à un muscle et à sa mécanique. Je savais qu'il était bien plus qu'un moteur de la circulation sanguine. Réduire l'homme à une machine m'indispose et même me peine. Je lui dis : Et l'âme ? Où se situe-t-elle ? Il me répond : Le cerveau, madame Doucet, une autre machine remarquable, le cerveau, réceptacle de toutes les terminaisons nerveuses... Ses réponses de professeur me décontenancent. J'ose : Mais vous avez pratiqué une sorte d'autopsie... – Vous savez, un organe tel qu'un cœur recèle beaucoup de choses mais pas tout... Même si l'on peut déceler des pathologies supposées du défunt. La voix de plus en plus caverneuse : Dans le cas d'Émérence, sous bien des aspects, on peut supposer une mort à la suite des écrouelles ou à une fièvre inflammatoire, peut-être les ganglions lymphatiques mais ce n'est qu'une hypothèse. Son cœur est dilaté et on note la présence de calcifications. Il poursuit avec son ton de professeur : Le cœur d'Émérence a dû séjourner dans un bocal d'alcool, d'« esprit-de-vin ». J'entends « divin ». L'alcool permettait une longue conservation, ce qui pourrait expliquer la présence de calcium, de magnésium et de phosphore dans le sang. Je l'écoute religieusement, je me tais, scrute le document. J'ai beau demeurer les yeux rivés sur le carré de lumière, je ne vois rien. Passé au rayon X, le cœur, pauvre caillou, semble surgir de ténèbres lactées. Sous mes yeux apparaît un lieu triste, obscur comme un lazaret où gisent des corps, malades à l'agonie souffrant de spasmes, de convulsions, d'épilepsies, de catarrhes. J'entends leurs gémissements, leurs plaintes. Ma gorge se noue, j'essaie d'examiner avec attention les films mais ne comprends pas les formes et les taches dont je ne parviens pas à détacher mon regard. Je n'ose pas partager mes visions avec le professeur, de peur qu'il ne me prenne pour une illuminée. Et c'est tout, on ne peut rien savoir d'autre ? Ma voix doit trahir mon trouble. J'étais prête à soupirer. Alexandre Bonnencontre a l'air embarrassé, il baisse les yeux, le regard empli d'impuissance. Le silence me brûle. Il pèse si lourd que j'ai pensé que l'on ne parviendrait pas à le briser. Le rayon de soleil qui perce les vitres jaunies par la nicotine me permet d'en sortir. Du bout des lèvres, je murmure : Cette lumière, c'est un signe. Je recouvre mes esprits et j'espère que le professeur ne m'a pas entendue.

Ainsi je n'en saurai pas plus. Je demande à Alexandre Bonnencontre s'il a des nouvelles du diacre Caposi. Il me fait non de son index puis il relève la tête de la planche lumineuse sur laquelle il s'était à nouveau penché, avec l'espoir d'un indice inédit. Dans la semi-pénombre, il renverse son torse en arrière et balance ses bras en signe d'abandon, il me fait penser à une araignée géante. Il vous contactera, j'en suis sûr, n'ayez pas d'inquiétude, il vous renseignera, lui, il en sait plus long que moi sur votre Émérence. Je demeure comme engourdie et fixe un moment, au travers de l'opacité des vitres, les ombres blanches qui se déplacent dans le bâtiment de l'autre côté de la rue, celui de la faculté de médecine. À mes côtés, Bonnencontre se tait, puis, devinant ma déception, il balbutie d'une voix éteinte : Désolé, la science ne peut pas tout face au mystère... Vous savez, je tâtonne moi aussi dans mes recherches, j'ai souvent l'impression de cheminer... dans un labyrinthe...

Il insiste pour que j'appelle le diacre Caposi et tire de la poche arrière de son pantalon une carte de visite : Tenez, vous verrez, il vous aidera. Je le remercie – et je comprends qu'il est temps de le laisser. Il m'avait déjà donné ses coordonnées mais, distrait, il a dû oublier. Dans le couloir, il marche à reculons, embarrassé, et au seuil de la porte, son bras esquisse un mouvement comme s'il voulait déposer sa main sur mon épaule, mais elle reste en suspension. En descendant l'escalier je me sens vidée, mon cœur s'emballe et je dois m'asseoir sur les marches pour reprendre mes esprits.

En bas, l'agitation du carrefour. Bruits de la ville, coups de freins au feu rouge. Les émanations de gaz d'échappement parviennent jusqu'à mon premier étage; les fenêtres ferment mal. Me suis réveillée au pied du lit, en chien de fusil dans un rai de lumière où dansent de fines particules. J'ai dû dormir par terre. Et une fois encore, je ne me souviens de rien. Émérence m'a-t-elle rendu visite dans la nuit?

Je sens en moi brûler un feu de racines. Il me nourrit et me consume en lenteur. Je ressens un trouble comme si je m'étais échappée hors de moi-même, à la fois une sorte de libération et un poids, celui de l'inconnu. Je ne peux partager ce sentiment avec personne et personne ne peut m'aider. Une espèce de vague me soulève et me transporte. J'ai l'impression qu'Émérence infuse en moi, qu'elle donne de l'épaisseur à ma vie. Envie de savoir, envie de demander au diacre Caposi : Parlez-moi de celle à qui toujours je pense.

Après avoir hésité, je me suis décidée à lui téléphoner. Comme le professeur Bonnencontre, il attendait mon appel. J'allais devoir à nouveau me confronter à son odeur de produit antimites mêlé à l'âcreté de la sueur. Il ne doit pas se rendre compte de ce qu'il dégage. Nous ne sommes pas tous égaux face aux bonnes et aux mauvaises odeurs. Il est impossible de signaler à quelqu'un qu'il empeste, même à son meilleur ami. C'est, pour moi, presque aussi compliqué que d'avoir à lui expliquer ce qui m'arrive depuis notre première rencontre à la faculté. Dois-je lui avouer ce qui a changé dans ma vie ? Comment trouver les mots de ce qui insiste en moi, comme si j'étais habitée par Émérence, comme possédée ?

Victor Caposi me remercie de lui avoir fait parvenir mon rapport : Je n'ai pas encore eu le retour de l'archevêché, mais, d'après mes connaissances, je pense que vous avez su percevoir la sainteté qui dort dans ce petit cœur. D'ailleurs ils sauront être reconnaissants à votre égard et vous préviendront par courrier, soyez-en assurée. Sa voix de plus en plus fluette s'amincissait comme un filet d'eau. J'insiste s'il peut me recevoir pour me parler plus précisément d'Émérence. Rendez-vous est pris le surlendemain dans un bureau, rue Saint-Julien-le-Pauvre.

Derrière le square, l'ombre géante des tours de Notre-Dame ceinte du corset métallique des échafaudages. Et c'est presque en face de la petite église médiévale, au-dessus d'un salon de thé anglais, que le diacre Caposi m'a donné rendez-vous. Je me souvenais, étudiante, m'être réfugiée dans cette église avec une amie, surprises par une pluie d'orage. Nous sortions accablées et horrifiées d'un studio d'art et d'essai, rue Galande, où nous avions vu le film *Salo ou les 120 journées de Sodome*. Le temps de l'averse, nous sommes restées debout derrière les fidèles qui assistaient à un office orthodoxe. Les mots de ma camarade demeurent gravés dans ma mémoire : Nous nous lavons de toutes les images impures que nous venons de subir. Avant de sortir, elle avait tenu à déposer une pièce dans le tronc et à allumer un cierge.

Après avoir franchi la porte cochère, ma main glisse sur la rampe de fer forgé jusqu'au premier étage et frappe à l'aide d'un lourd heurtoir. Le diacre Caposi me reçoit, un maigre sourire aux lèvres. Toujours cette forte odeur de camphre comme si brûlaient dans un coin de la pièce des bâtons d'encens. Il me serre la main et je ressens une décharge électrique. Il m'invite à m'asseoir sur une chaise paillée, lui face à moi dans son costume noir lustré, de l'autre côté de la table. Il joue avec ses lunettes fumées, et je finis par penser qu'elles sont une coquetterie. Il me regarde droit dans les yeux, prêt à l'écoute. Je n'avais pas l'impression d'avoir en face de moi la même personne que celle rencontrée à la faculté. Le débit de ses paroles était plus rapide, il me témoigne de la reconnaissance d'avoir su « saisir » la sainteté d'Émérence. Nous savions, mais cette étape était nécessaire. Il m'a mise en confiance, et je m'en veux de mon jugement, lors de notre première rencontre. Je lui souris : Je n'attends pas de remerciements.

Je m'étonne de rester clouée sur ma chaise sans bouger tant je me sens agitée. Comme dans une convulsion de la pensée me viennent ces mots, sans que ma voix me trahisse : On pense ne croire en rien et puis, un jour, quelque chose vous rattrape, s'installe en vous et ne vous quitte plus. Il m'écoute, tel un confesseur attentif, caché derrière ses lunettes noires. Je ne sais comment interpréter les légers mouvements de sa tête qu'il incline avec des oscillations régulières. Il doit, derrière ses verres fumés, lire l'inquiétude dans mon regard. Les yeux ne mentent jamais, personne ne peut contrôler leur expression. Peut-être aurais-je dû me rendre chez un psy, mais le psy ne connaît pas Émérence Denosse. J'hésite, puis tout à coup me lance : Je pense à Émérence, elle ne me quitte plus, dans mes oreilles résonne un écho pur. Elle me tourmente, et toutes les nuits j'ai l'impression d'étouffer. Alors j'espère la délivrance de l'aube. Elle s'écoule dans mes gestes. C'est impossible à décrire. Un bégaiement me surprend. Le diacre me propose de l'eau et, aussitôt, me tend un verre. Il continue à se taire et patiente, attend que je reprenne mes esprits. J'avale l'eau, forte odeur de chlore. Il enlève sa main appuyée sur son menton, ses bras balaient l'air, ses paroles se précipitent d'une voix assurée : La seule manière de vous retrouver est de vous examiner, vous seule. De réfléchir sur votre vie, de savoir où sont vos joies, vos tourments... Vous et vous seule trouverez votre salut. Il replace ses lunettes sur son front dégarni, ses yeux bleus me dévisagent. J'y lis de la rudesse et une énergie. Le diacre se lève, se dirige vers une console en bois où s'empilent des CD, il en glisse un dans le lecteur. Je pense reconnaître une fugue à trois voix de Bach. Le diacre Caposi se rassoit, emporté par la musique, il balance la tête, ses doigts pianotent en légèreté sur la table. Nous demeurons ainsi dans l'émerveillement des orgues et du clavecin, lui et moi paupières baissées. À la fin du morceau, je sens comme un soulagement, tout me paraît plus fluide. Je me préparais à le questionner sur Émérence mais le diacre me devance. Il parle vite comme s'il craignait d'être interrompu.

Émérence avait la grâce et la beauté. Elle était la fille d'un meunier des bords de l'Indre, du côté de Pont-de-Ruan, je crois. Il lui fallut être forte, savoir oublier sa vie agitée, oublier le chaos d'avant. Toutes ces choses auxquelles elle avait cédé presque par obligation. Avait-elle eu d'autres choix ? Lorsque le Christ vint frapper à sa porte auréolé d'une lumière virginale, comment le refuser ? J'écoute en silence, paumes collées à la table de bois. Impossible de l'interrompre, il poursuit sur sa lancée : Émérence a vécu des jours sombres, ceux de la fin des guerres de l'Empire, d'une économie désorganisée, des incertitudes et des désordres politiques... Ces temps où la vie, autant que la mort, impose ses lois. Il prend un ton plus posé : Mais je vous barbe, non ? – Non, non, surtout pas... Le diacre jette un œil à son bracelet-montre. Oh, excusez-moi je dois filer, je suis attendu de l'autre côté de la Seine, l'évêché, vous savez. Et il ajoute du bout des lèvres : Mais rappelez-moi, nous nous verrons une autre fois, n'hésitez pas. Il sera moins aisé de vous répondre que de vous poser des questions. Il saisit son imperméable sur une chaise, m'entraîne sur le palier et nous dévalons les escaliers. Il me tend sa main, je suis saisie d'une étrange faiblesse. Sur le trottoir devant le Tea Caddy, sa silhouette noire presse le pas en direction du pont Notre-Dame. Le pavé, flaque de lumière. Je traverse la rue et ne peux me retenir de pousser le portillon de fer forgé de Saint-Julien-le-Pauvre et franchir le modeste porche de la façade. Odeur de pierre humide, d'ambre et toujours ce fond d'encens. Les vitraux diffusent une onde blanche. J'avance sous les arcades de pierre grise jusqu'à la cloison de bois marquetée, décorée d'icônes, qui sépare la nef du sanctuaire. Bouffée de cire vanillée. J'ai reconnu le baptistère en argent devant l'autel. Je me serais bien assise sur un des bancs pour écouter une sonate de Bach mais il n'y avait pas d'orgue, juste un piano à queue caché sous une housse plastifiée, et je me trouvais bien seule dans cette petite église. Avant de sortir de là, j'ai à mon tour glissé une pièce dans la fente du tronc de bois et fait brûler un cierge. Et je ne savais plus si c'était en souvenir de ma jeunesse ou pour Émérence.

Je repasse devant le Studio Galande, je suis surprise qu'il joue encore *The Rocky Horror Picture Show* que j'étais allée voir il y a près de quarante ans. Je navigue sous une pluie vaporeuse, comme en état d'ébriété. Chaos d'avant... Vie agitée... Obligations... Christ... Ces mots ne cessent de cogner dans ma tête. Pourquoi viennent-ils me heurter ? Quel miracle avait bien pu accomplir Émérence ? Quel martyre avait-elle subi ? J'avais du mal à imaginer Émérence, je ne vois qu'une image d'Épinal, une petite fille qui joue au cerceau sur un chemin de campagne. Mais je dois me tromper. Quand il m'a quittée brusquement, j'ai eu l'impression que le diacre Caposi cherchait à me cacher quelque chose. Se reprochait-il de m'en avoir trop dit ? Peut-être a-t-il pris à la légère mes interrogations... Mais j'avais désormais une épine à arracher du fond de mon cœur, une épine profonde qui a pour nom Émérence.

Le soir venu, à mesure que s'épaissit la nuit, mon cœur s'emballe, une voix plane. Il m'est impossible d'ouvrir un livre. Je n'ose plus allumer et me laisse envahir par une sorte de terreur. Je me perds dans le scintillement des étoiles. Une voix étouffée me parle, m'absorbe tout entière. Troublée, hébétée, prise de tressaillements puis de frémissements convulsifs, j'avance désormais à tâtons avec cette curieuse impression de ne plus m'appartenir comme si quelqu'un d'autre guidait ma vie. Tout se désagrège, s'en va à la dérive, comme si mon corps était enserré dans un suaire. Ou bien est-ce l'étreinte de la nuit. Mon point de repère n'est que vertige. Au petit matin, réveillée par la lumière du jour, encore entortillée dans mes pensées, je ne me reconnais plus, je suis ce que je n'ai jamais été. Je me pince et me dis que tout cela n'est qu'illusions et je demeure un moment encore emportée par les flots de la nuit. J'essaie de chasser mes mauvaises pensées. Le miroir de la salle de bains me fait souvent toucher le fond du désespoir : mon visage sévère, ma peau claire, laiteuse, une frange blonde barre mon front. Je me recoiffe, poudre mes joues. Qui m'aidera à venir à bout de mon tourment ?

Moi qui ai pour habitude de prendre un copieux petit déjeuner, une simple tasse de café me rassasie. L'idée de me mettre en retrait de mon travail de consultante me traverse l'esprit. Et c'est presque sans réfléchir que je préviens la responsable du laboratoire des essences, où j'exerce, pour lui faire part de ma décision. Ma demande de mise en disponibilité, pour un mois ou deux, est acceptée sans que j'aie à en arrêter le terme. Après cette initiative inopinée qui ne me ressemble pas, je ressens des crispations dans mes entrailles, et je sais que ce ne sont pas des regrets. Ce qui me possède est plus fort que tout et me consacrer à Émérence est devenu ma priorité. Il me faut maintenant vivre avec elle. Il me faut pénétrer ce cœur pur.

Je sors dans la rue, me mêle à la petite foule de ceux qui gagnent un bureau ou une boutique. Odeur de poussière chaude et de spray bon marché. La sensation qui avait vrillé dans mon ventre disparaît peu à peu ; je ressens un soulagement, comme une liberté gagnée. Une brise s'engouffre dans les feuillages et fait voleter des papiers sur le boulevard. J'avance sans but, tête vide. Alors que je m'apprête à m'asseoir à une terrasse, je sens une pression sur mon épaule, suivie d'une voix grave : Madame Doucet. Je me tourne, apparaît la tête hirsute d'Alexandre Bonnencontre. Je ne peux retenir : Vous m'avez fait peur ! Il s'en excuse. Il n'y a pas de coïncidence, je crois que nous sommes voisins, me dit-il. Il m'invite à prendre un café. Toujours autour de lui ce halo de tabac froid et d'eau de toilette. Il choisit le bar ; nous nous accoudons l'un à côté de l'autre debout au zinc.

Peut-être est-il préférable de se livrer à un presque inconnu. J'ai hésité à partager mes affres mais mon appréhension est si forte et je me sens si seule que je ne peux les retenir et les lui livre sur le ton de la confidence. On se connaît si peu mais, après tout, c'est bien lui le responsable, c'est bien lui qui m'a appelée pour que je sente le cœur d'Émérence. Il m'écoute, silencieux, seule sa jambe s'agite comme s'il était énervé ou pris de tremblements. Il n'a pas l'air surpris : Ce qui vous arrive est rare, mais possible. Il ajoute, comme pour s'excuser : J'aurais dû vous prévenir, mais ce qui vous perturbe est si peu fréquent. Il n'est pas facile de venir à bout de ces tourments. Parfois la vie même devient intolérable. Je reste sans voix. Le professeur m'explique qu'il a rendez-vous dans une heure pour une affaire peu banale, sans m'en dire plus. Est-ce parce que je demeure silencieuse, les larmes montées aux yeux, qu'il me propose de l'accompagner sans me dire où il veut m'emmener ? Je ne me rappelais plus avoir suivi quelqu'un que je connaissais à peine, sans questions, comme s'il m'aimantait. Cela n'a plus d'importance, sa présence me protège de mon désarroi. Nous prenons le métro. À la station Châtelet dans les couloirs, puis les escalators, nous nous heurtons à tous ceux qui viennent de la banlieue. Je me laisse entraîner derrière lui et me surprends à lui attraper le bras de peur de le perdre parmi le flot des voyageurs. Nous montons plus tard dans une rame de la ligne 13, direction Saint-Denis. Remugle confus de renfermé, de sueur, de crasse. Nous nous asseyons face à face dans le wagon presque vide, je remarque, à son index, une épaisse chevalière en or à tête de mort, une bague représentant un visage voilé à l'annulaire et une autre encore, en argent, un serpent à deux têtes, enroulé autour de son majeur. Lui demander la signification de ces bijoux me tente mais, craignant de l'offenser, je renonce à cette indiscrétion. Lui aussi m'observe et aperçoit que je concentre mon regard sur ses mains. Devant mon insistance, je dois me contenter d'un sourire muet. Qui est-il exactement ? Il y a chez lui quelque chose d'inaccessible. Les couleurs bleu et jaune des éclairages des quais se succèdent sur son visage comme un voile changeant et n'encouragent pas à engager une conversation. Et pourtant, il me rassure. J'ignore où nous allons et n'ose pas le questionner.

Les lacets d'une de ses baskets sont défaits et je me permets de le lui signaler. Il dit : Ah, oui c'est bien possible. Et, après un rire brusque, il se baisse pour les renouer. Ce qui a décontracté l'atmosphère. Je finis par me lancer et lui demander si je dois l'appeler professeur ou docteur. Sans hésiter, il tranche d'une voix claire : Vous pouvez m'appeler Alexandre. Je ne sais pas grand-chose de cet Alexandre Bonnencontre, sinon qu'il est reconnu pour des études originales et marginales à la science traditionnelle. On dit de lui qu'il fait parler les morts en expérimentant des restes humains. Ce qui pourrait m'inquiéter. Il y a quelque temps, son nom avait été évoqué dans une affaire d'exhumation de momies... S'intéresser d'aussi près au domaine des morts me glace le sang. J'ai plutôt chaud.

Des bouffées me montent à la tête, je sens mes joues s'empourprer et mon cœur se mettre à battre plus fort. J'essaie de ne rien montrer. Je n'ai pas l'habitude de me comporter ainsi. Est-ce l'air vicié, la moiteur typique des rames de métro, quelque chose d'indéfinissable et d'obsédant, ce marais humain où se coudoient des parfums trop vigoureux, de lourdes senteurs, insistantes, de transpiration comme du poisson pourri ? Il y a une cruauté à tout désigner par les odeurs mais elles sont un révélateur et je ne puis me résoudre à faire autrement, mon nez est plus puissant que tout. Pourquoi me suis-je laissé entraîner par ce Bonnencontre ? Quelque chose de mystérieux m'attire chez lui et je ne sais pas quoi. Est-ce un malentendu ?

Nous descendons à la station Basilique de Saint-Denis puis nous marchons d'un bon pas, je peine à le suivre. Je pourrais croire qu'il a oublié que je l'accompagne. Mais non, il se tourne vers moi : Vous avez deviné où je vous emmène, non ? Le rictus dur qu'il maintenait se détend et ses lèvres affichent un certain sourire teinté de rouerie. Je ne m'étais jamais rendu dans l'abbatiale gothique où dorment les rois de France. À dire vrai, je n'ai pas de passion pour les nécropoles, fussent-elles royales. Arrivés au pied de l'écrasante cathédrale de pierres blanches et sa tour-clocher, avant d'y pénétrer, Alexandre stoppe net, me serre le bras avec douceur, un geste familier que je n'attendais pas, puis il retire sa main et pointe de son index les sculptures du tympan au-dessus du portail central. Il lâche juste ces quelques mots, d'un air de jubilation intérieure : Le Jugement dernier, sans donner de détails, comme pour m'épargner son érudition. J'en sais sans doute moins que lui, j'aurais bien aimé qu'il m'éclaire et m'en dise plus mais il me pousse déjà à l'intérieur. Je frissonne et je ne sais si c'est la fraîcheur ou la grandeur des lieux. Je m'interroge sur ma présence à ses côtés dans cette église pas comme les autres. Je le suis et me surprends à m'effacer, comme si j'avançais dans un demi-sommeil, comme si j'étais une autre, orientée par un astre mystérieux. Nous marchons parmi les gisants de marbre sans entrailles, têtes couronnées allongées pour l'éternité puis nous descendons dans la crypte. Le froid me saisit. Comme Alexandre devant moi, je relève le col de mon imperméable.

Les pierres aussi ont leur odeur, a fortiori quand ce sont celles des tombeaux et des ossuaires où sommeillent les ombres, celles qui renferment ce qui persiste quand la chair a disparu, débarrassée de toute pourriture physique et morale. Comment Alexandre avait-il pu deviner que toutes ces pierres, ces fragments humains maintes fois bousculés par les bestialités passées étourdiraient mes narines, une fois les miasmes évaporés ? Il faut passer au-delà du sas de l'humidité qui ronge et fracture la pierre. (Alexandre m'explique que les travaux du métro ont dévié des nappes phréatiques et accentué les phénomènes d'infiltration d'eau.) Chaux cuite, vanilline, baume, huiles, les odeurs se bousculent… Je tressaille à l'instant où, éclairés de la lampe de son portable, se découpent dans l'échancrure de lumière les restes si minuscules logés dans l'obscurité tout au fond. Là quelque chose d'inconnu me traverse, quelque chose qui voudrait s'élever. Que subsiste-t-il dans la profondeur de cette fosse ? Il ne repose là aucun corps. S'y trouve, comme souvent dans les ruines, la grandeur des choses. Bribes d'os, tissus peut-être, soie dure, étoupe, résidus de cheveux, fragments de chêne, quelques dents, esquilles, empeigne de chaussure... Reliquats présumés de rois, de reines, de princes, d'officiers de la monarchie... Tout a été mélangé, jeté en désordre lors du grand ménage des révolutionnaires, tout sauf les métaux, or des crosses, bronze, argent, monnaies, plomb volés, pillés, disparus... Faut-il y voir un signe de l'au-delà ? Alexandre braque sa lampe dans plusieurs directions, fronce les sourcils, comme un trait d'inquiétude. À voix basse, je risque : Quelque chose ne va pas ? Je suppose que ça signifie autre chose pour vous... Un « oui » hésitant sort de sa bouche. Vous avez remarqué comme on peut confondre les ossements et le bois, ils ont pris cette même couleur brun foncé. De la pénombre montent une odeur de salpêtre, des effluves arachnéens. Je peine à supporter ces ténèbres mortifères et je me demande pourquoi il m'a entraînée au milieu de cette noirceur. Je décide de tourner les talons et remonte péniblement les marches de la crypte qui baignent dans l'humidité. De retour à la lumière, essoufflée, la tête me tourne. J'erre parmi les tombeaux comme si je m'attendais à découvrir celui d'Émérence ; oui, j'attends un signe d'elle. Il me semble entendre vibrer sa voix. Je la cherche et la raison finit par revenir : il n'y a que des rois, des reines, des princes et leur couronne. La tête me tourne et j'éprouve le besoin de m'adosser contre une de ces pierres glaciales. Une classe d'élèves s'éparpille en chahutant au milieu des gisants. Des visiteurs, par petits groupes, s'agglutinent et s'agitent autour des cénotaphes. Certains s'esbaudissent sur l'habileté des sculpteurs et poussent des petits cris d'admiration, d'autres réinventent l'histoire de France à leur façon. Sans être une spécialiste, j'entends des invraisemblances et des inepties, les écouter me distrait. Le marbre me glace et, juste au moment où je me relève, réapparaît Alexandre, un carnet à spirales en main. Il me lance, d'un air étonné : Ah vous m'attendiez ! Et s'excuse : Il est toujours pénible de résister à la tentation, n'est-ce pas ? D'un air naïf, je lui demande s'il est venu pour son travail. Je suis un peu chez moi, mes recherches m'amènent souvent ici, j'y trouve toujours des buissons à déchiffrer, des petites choses à glaner que j'espère réanimer. Maintenant je vous laisse, je dois voir quelqu'un. Vous retrouverez la ligne 13 aisément, il suffit de suivre l'avenue tout droit et vous finirez par tomber dessus. En me serrant la main, il me dit : Nous nous reverrons maintenant que nous nous connaissons. J'ai du mal à situer son travail. Médecin légiste ? Archéologue ? Historien ? Je serais bien restée encore à ses côtés à écouter sa voix froide évoquer le monde des esprits et de la matière, la proximité avec la mort, toutes ces énigmes...

En sortant de la basilique, le contraste est brutal, aveuglée je manque de trébucher. Une averse me surprend, je courbe l'échine et j'ai peur de tomber avec mes chaussures à talons. La pluie glisse sur mon visage, je ne la sens pas, je la reçois comme une eau de Jouvence. Arrivée à la station Basilique de Saint-Denis, je suis trempée, je dégouline, mes cheveux se mettent à boucler. Une fois assise sur la banquette du métro, j'ai l'impression d'avoir été l'objet d'un tour de passe-passe, comme si l'on m'avait plongée dans un autre monde. Sur les murs des quais défile le carrousel des publicités clinquantes, bleus azurés, palmiers, corps d'une vitalité éclatante. Et je ne reconnais plus ces images, ces couleurs, comme si j'étais sous psychotropes. Arrachée à la réalité, ma vue se trouble. Cortège de squelettes, danses des os dans la nuit, croix brisées, rougeoiement d'une boule de feu. Je ne parviens plus à démêler les fils. Face à moi s'est assise une jeune fille, écouteurs dans les oreilles, regard fixe sur l'écran de son portable. Lorsqu'elle lève les yeux, son sourire comme une excuse dissipe mon éblouissement. A-t-elle remarqué mon égarement ? En sortant de la bouche de métro, les visions se sont effacées mais je ne les oublie pas. Je reste impuissante face à cette première manifestation. Je n'y cède pas et m'interroge devant ce procédé énigmatique. Le mystère de ces apparitions ne me lâche plus. Je m'inquiète. J'aimerais tant savoir.

Ma vie devient approximative. Je me fais violence mais ne peux retenir mon instinct. J'ai bien tenté de téléphoner à plusieurs reprises au diacre Caposi mais il ne répond plus. Ses mots pourraient me sauver : Elle est la fille d'un meunier. J'ai consulté une vieille carte de l'IGN de la vallée de l'Indre. Pont-de-Ruan, Saché... Quelqu'un m'appelle là-bas, quelqu'un m'encourage et m'électrise. J'ai pensé prévenir le professeur Bonnencontre mais finalement j'ai renoncé. En fait, j'accueille ce phénomène qui me galvanise, je laisse les choses venir à moi sans comprendre la grandeur du péril et je ne tiens pas à partager mon mystère. Et puis qui me prendrait au sérieux ?

Je prépare un sac de voyage, quelques affaires, un cahier. Sans réfléchir, je réserve un billet à bord d'un TGV pour la gare de Saint-Pierre-des-Corps où j'ai loué une voiture. Durant le bref voyage, j'ai l'impression de partir en vacances pour une destination inconnue. Sous mes yeux, la triste banlieue et ses centres commerciaux, ses parkings et ces bâtiments-hangars faits de tôle et de verre aux enseignes clinquantes. Vus du train, ils paraissent des jouets qu'un bon coup de vent suffirait à détruire. Enfin, passé Chartres, la plaine monotone cède à des étendues qui se croisent, se décroisent, formant une douce géométrie réglée par l'invisible. Personne dans les champs mais on devine que les hommes y ont fait leur travail. Les paysages passent de l'ombre à la lumière et rappellent les souvenirs, sans doute, comme souvent ceux de l'enfance. Je ne connais pas cette province, la Touraine, où le train me mène.

Le silence, seulement le ronronnement du moteur de la Peugeot de location qui m'attendait à la gare et à l'intérieur cette odeur de plastique si caractéristique des véhicules neufs. Je roule à faible allure sous un ciel bas. Je longe les murs du château d'Azay-le-Rideau, une route secondaire suit la rivière. Dans l'air flottent les peluches argentées des saules, comme des flocons de neige, une mince couche de leur duvet blanchit les talus. Descendre et s'enfoncer dans l'intérieur des terres avec le sentiment d'entrer dans les profondeurs d'une France enfouie. Je me déplace dans mes solitudes. De chaque côté, des arbres dressés, d'autres qui se courbent en voûte au-dessus de la route, en contrebas, presque à pic, la rivière qui serpente. L'air léger, ni trop vif, ni trop dissolvant, condense les senteurs d'herbes des premières coupes de printemps. Une vallée, une garenne, un coteau, une cave dans le roc, une échauguette, ces vues me réconfortent. Des pentes vertes s'enlacent en douceur. Une percée de blancheur, l'orgueil des pierres éclate sous la lumière. La clarté brûle les yeux, envoûte même. Les bois descendent des vallons, moutonnent et s'abandonnent. Paysage dissous et concentré à la fois, peut-être celui que j'ai perdu. Un paysage console de bien des choses. La vallée se dérobe jusqu'à une ligne de peupliers sur les hauteurs qui cadenasse la vue.

Passé le panneau routier de Saché, j'ai la curieuse sensation d'être déjà venue dans ce village perdu qui doit s'agiter aux beaux jours. J'essaie de me le rappeler mais rien ne vient. Arrivée sur la place, je me gare devant le parvis de l'église. Dans les entrelacs de la pierre érodée, un saint sans expression semble me considérer. Simple ovale du visage, un trait, celui de la bouche. Pas d'yeux, pas de sourire. Un visage sans visage. Ce qui me regarde c'est l'usure des années, la sécheresse des siècles. Un grand calme, un peu morne. Dans le ciel, seulement le cri des oiseaux, comme une plainte. Sans doute un de ces arrière-pays engourdis où doivent vivre des opiniâtres. Peu m'importe, je m'y sentirai bien, persuadée que la tranquillité tempérera le curieux état qui s'est emparé de moi. Je décide de m'installer dans la seule auberge du village jusqu'à ce qu'elle me soit familière. Je saurai trouver là la créature qui s'installe dans ma vie.

Je pousse la porte où se balance l'écriteau « chambres à louer ». Personne. Une auberge rustique, colombages et tomettes, où jadis devait couler le vin, tourner les danses les jours de liesse. Je dois appeler à plusieurs reprises avant qu'apparaisse une jeune femme aux cheveux rouges comme de la poudre de piment rassemblés sur la nuque, qui contrastent avec son teint d'une pâleur solennelle. Elle porte un kimono brodé de fleurs de lotus : Vous avez l'embarras du choix, toutes les chambres sont libres. Elle m'accompagne jusqu'au premier étage, vieilles poutres et toiles de Jouy. Dans le couloir, elle me précède d'une démarche onduleuse, m'ouvre les unes après les autres les portes des six chambres, toutes se ressemblent. Et chacun de ses mouvements dégage un parfum de fleurs d'eau, celui capiteux des nénuphars. J'ai pensé que, comme ces plantes aquatiques, elle devait apporter calme et équilibre dans la maison. Pour accéder à la dernière chambre, la plus éloignée, il faut encore monter quelques marches. Celle-ci, sous les combles, donne sur le clocher. En entrant, ma poitrine se serre douloureusement comme dans un étau. Sur le mur blanchi à la chaux se détache une grande croix de bois noirci sans le Christ. Quelque chose frémit dans l'air, vibration de mes nerfs. J'entends des pas étouffés, dans cette sous-pente dont je ne sais rien, passe ce quelque chose que mon hôtesse ne perçoit pas. Une chambre de sueur et de sang. Je jette mon sac sur le lit : Ce sera celle-ci. Vous en êtes certaine ? L'air surpris, son visage s'assombrit : C'est la plus petite de nos chambres, la fenêtre n'est qu'une meurtrière et la douche, la douche est au bout du couloir ! Vous avez encore le choix ! Sa voix, comme si elle chantait sur deux octaves, tranche avec le pli de son sourire qui semble imprimé sur ses lèvres rouge piment. Enfin, si le carillon des cloches vous dérange, vous pouvez toujours changer... Nous ne sommes pas débordés en ce creux de l'année. Vous resterez quelques jours ? Je ne réponds pas mais elle insiste. Hésitante, je finis par m'agacer : Oui, enfin je ne sais pas. Oui, disons quelques jours. – Pardon d'insister mais nous allons profiter de la basse saison pour fermer sous une huitaine de jours. Je susurre : Huit jours, oui, très bien, je serai partie! Nous redescendons, elle me précède dans l'étroit escalier et, à chaque pas, je crains qu'elle ne trébuche avec ses tongs à semelles compensées. Après m'avoir transmis les consignes d'usage et m'avoir donné la clef de la porte d'entrée, toujours sur un ton monocorde : Vous serez plus libre, si vous rentrez tard. Quand, sur le seuil, la fille aux cheveux rouges se penche pour me saluer, son kimono s'entrouvre, et découvre sa peau blanche et ses seins. Elle se relève : J'ai une question à vous poser mais vous n'êtes pas obligée de me répondre. Pourquoi êtes-vous ici? Il n'y a pas grand-chose en cette saison? Vous êtes en vacances? Surprise, je ne réagis pas. Elle doit me voir pâlir et elle insiste : Vous visitez la région? Je sens mes jambes vaciller et je suis obligée de m'appuyer d'une main sur le mur. Des larmes montent sans raison mais je parviens à les contenir. La voix radoucie de mon hôtesse : Excusez mon indiscrétion. Si vous le voulez, si vous avez des ennuis, je peux vous aider. Des mots parviennent à sortir de mes lèvres et le souffle presque assuré, pour me débarrasser : Merci, ça va aller, je dois me reposer.

Je demeure immobile sur le perron de pierre, adossée au mur, à fixer une traînée lumineuse entre les nuages, sans pensées précises, sans savoir ce que je fais là, sans savoir où je vais, dans le secret espoir que quelque chose se passe.

Quel chemin emprunter? Il y a bien au bout de la rue, sur la gauche, une imposante bâtisse, aux faux airs de forteresse, mais je choisis, à l'opposé, une ruelle bordée de roses trémières qui décline jusqu'à la rivière. J'ai l'impression qu'ici me restent des souvenirs. Je contourne l'église où je me rendrai plus tard. En contrebas de celle-ci, les reliefs d'un vieux cimetière sans enclos où d'anciennes tombes se bousculent dans un chaos. Les tombes, le début de l'oubli. De l'élégance passée, de ces pierres taillées avec soin pour leur donner un peu d'humanité, ne subsiste presque rien. Chaînes rouillées, crucifix cassés, fragments de cailloux, sol jonché de divers débris de la camelote funéraire, plaques de marbre brisées, couronnes d'épines, fleurs artificielles aux couleurs délavées... Des dalles, comme soulevées, ouvrent leur bouche et bâillent sur le néant. Aucune inscription n'est complète. Parmi les sépultures à l'abandon, je m'attarde à chercher un nom, à tenter de décrypter les lettres effacées, à l'affût d'un détail. Je finis par renoncer, persuadée cependant qu'un indice s'y cache.

La route, un chemin de graviers plutôt, descend jusqu'à la rivière. L'eau m'attire. Une fois parvenue jusqu'à un petit pont, je m'accoude à la rambarde métallique. Dans la chevelure mouvante des algues fleurissent des rêves qui jamais n'achèvent leur course. Le scintillement des reflets, ses brillances de cristal me raniment et m'ensorcèlent. Mes yeux s'accrochent à toutes ces facettes qui étincellent dans le jeu des lumières. Dans tous ces éclats d'argent j'ai la sensation de retrouver un monde qui s'est perdu, un monde sans limite, une sorte de paradis où s'écoule la pensée. Il me semble ne plus appartenir à la terre. Ce qui existe, ce n'est plus moi.

J'avance sur l'étroite bande d'herbe entre la rivière et la route et chaque pas me détache de ma vie d'avant. Ma solitude me comble mais je ne me sens pas seule, Émérence m'accompagne et j'ai l'impression que c'est elle qui me mène et me berce. Je reçois son éclat. Je ne vois plus rien mais elle me sauve quand mon ciel s'obscurcit. J'aimerais tant pouvoir expliquer ce que je ressens. Accrochées au coteau, les touches rosées des aubépines se mêlent aux bouquets blancs des seringats en fleur au parfum proche de la fleur d'oranger, qu'on a du mal à imiter avec des molécules de synthèse. Je donnerais cher pour oublier ce réflexe dont je dépends, ce nez qui ne cesse d'être actif et qui aiguille tous mes sens. Mais comment l'oublier, grâce à mon don, j'ai rencontré un cœur qui ne s'accommode pas d'être mort, un cœur qui a traversé toutes les douleurs, un cœur qui désormais appartient à ma vie. Et c'est comme si je me dédoublais, il s'ouvre et se ferme comme une fleur à la tombée du jour. Il me paralyse, me presse la poitrine, quand je le sens prendre de l'assurance, mes artères se rétractent. J'entends sa révolte et je puise en lui toutes mes forces. Il m'aide à lutter contre l'étouffement. Aucune supplication ne peut m'inciter à ouvrir la bouche. Puis tout revient, tout frémit et se ranime. Il est doux de rejoindre Émérence. J'ai songé à la chasser, mais elle revient. Il est tentant de la laisser s'emparer de moi, de me livrer à elle. Je l'entends : Laisse-moi rester. Comme si elle me connaissait. Elle est ma douceur, mon espérance calme. Je sombre avec elle, m'incline tout entière devant elle. Je me surprends à prononcer son nom. J'aurai la patience.

Une barque amarrée à un frêne, que l'eau balance, un moulin à aubes dont la roue s'est arrêtée. Le faible soleil perce de ses flèches les trouées de feuillages. Le chemin serpente le long de la rivière ; une fraîcheur sur les épaules je progresse sous la voûte des noisetiers, sans savoir où il me mène. Et c'est comme une fuite. Derrière le coteau, brûle la terre. Une fumée s'élève, un suave parfum d'ambre gris et de végétaux froisse mes joues. Émérence ne me quitte plus. Chacune de ses apparitions m'envoûte et je glisse dans un autre monde, il me semble entrer en contact avec elle. Je commence à mieux comprendre la réflexion obscure de Victor Caposi : Il sera moins facile de vous répondre que de vous poser des questions. Je décide de me laisser emporter, plus que jamais sensible à l'enchantement. Je pourrais demeurer ainsi, assise sur un banc fleuri de mousses et de lichens face au coteau blanchi de craie où s'étirent de jeunes pousses, à perdre mon regard dans la lenteur des eaux vertes. Mais je ne tiens pas à m'occuper dans le vide.

Je reprends ma marche jusqu'à un chapelet d'îles que relie une suite de petits ponts en bois. Au-dessus des biefs, le bouillon des chutes d'eau dégage un crachin de vapeur et, dans un chant de torrent, s'élèvent de profondes odeurs de vase remuée. Le vent souffle jusqu'à mon visage une pluie de fines gouttelettes, l'écran d'une gaze comme si je perdais conscience. À travers les brumes d'eau se dessine l'épaisse silhouette d'un moulin recouvert de vigne vierge et ses fenêtres à petits carreaux. Derrière la plus haute, il me semble distinguer une sorte de faciès et le geste d'une main qui fait signe ; juste une ombre qui glisse sur les vitres. À peine entrevus se sont-ils déjà évaporés. Caposi m'avait bien parlé d'un moulin... Mais les meuniers ont disparu depuis longtemps déjà et ce moulin dépouillé par l'oubli doit être une résidence secondaire à l'abandon. Je souhaitais en faire le tour et peut-être tirer la chaîne de la cloche qui pend devant la porte dans l'espoir que l'on m'ouvre mais une grille de fer forgé empêche d'y accéder et même de jeter un regard furtif à l'intérieur par une des fenêtres. J'ai avancé jusqu'à l'arrière du bâtiment où les bras de la rivière se rejoignent en un seul cours, où les eaux accélèrent. Accrochée à un volet, une pancarte « à vendre ». Pas même un numéro de téléphone. Je me suis assise dans l'herbe du pré et je suis restée ainsi postée dans l'attente que quelque chose se passe jusqu'à ce que l'humidité me fasse lever. Je respire l'air à grandes goulées et le feu neuf en moi d'un astre muet que je ne connais pas encore m'attise. Je ressens tout mais je ne comprends pas ce qui m'arrive. Un vent brutal amène des notes aiguës de terre jusqu'à mes narines. Je me dis qu'il est temps de regagner l'auberge; quelques crampes dans les jambes. Sur la route du retour, seulement le vent et la pluie jusqu'à ce qu'une voiture s'arrête à ma hauteur. Un homme barbu, casquette sur l'œil, baisse la vitre d'un break rouge et demeure là un moment à me regarder, comme hypnotisé : Si je peux vous aider, vous boitez... Vous allez loin? En temps normal, je ne serais pas montée dans la voiture d'un inconnu mais sa bonhomie n'inspirait pas la méfiance. « À l'auberge du village de Saché. » La portière claquée, une forte odeur de chien mouillé. J'ai éternué à cause des poils blancs qui recouvrent les sièges et le tableau de bord. Oui, ce n'est pas un carrosse, c'est Lulu mon vieux berger, il est mort il y a un mois jour pour jour et je n'ai rien nettoyé, il est toujours un peu avec moi, vous vous asseyez à sa place... Hurteau Bertrand. L'homme se présente. Mais pour tout le monde ici, c'est Hurteau. Il parle sans vitesse, sans accent. La pluie se met à redoubler, le crissement des essuie-glaces couvre sa voix : Vous êtes perdue ? Je ne vous ai jamais vue dans le coin... À chaque virage, la boîte de vitesses grince. Je lui demande s'il connaît les propriétaires du moulin. Oh le moulin, invendable ! Il y a tant de travaux à faire... L'homme s'interrompt et reprend : Il s'est passé tant de choses là-dedans que personne n'en veut... Je m'étonne : Ah oui ?! Quelles choses ? L'homme est pris d'un rire nerveux. Et je me lance : C'était le moulin des Denosse ? Mon conducteur stoppe la voiture arrivée à la hauteur d'un pont. Oui, Denosse ! Ah vous connaissez... Les Denosse, moi je connais bien... Mon grand-père et mon père ont travaillé chez eux... Et moi aussi quand j'étais jeune, ça m'a coûté... Il s'interrompt brusquement, soulève sa casquette, passe la main sur son crâne dégarni : Vous savez, il n'a que le nom de moulin, il s'est passé de drôles de trucs là-dedans... Je vous raconterai tout ça, si ça vous intéresse, mais maintenant je dois rentrer... Je vous dépose où exactement ? Ah ! L'auberge, c'est vrai... Nous contournons le chevet de l'église et, arrivés devant l'auberge, nous convenons de nous retrouver le lendemain au moulin, à dix heures. J'ai les clefs, je vous ferai la visite. Il réajuste sa casquette et avant qu'il ne démarre en trombe : Je vous raconterai la vérité. De quelle vérité veut-il parler ?

Comme si elle m'attendait, sur le pas de la porte la fille aux cheveux rouges retenus par des baguettes. Elle a changé de kimono, les fleurs de lotus sont devenues des ailes blanches d'oiseaux et des branches de pin brodées sur une soie bleu nuit. Vous avez l'air fatiguée, si vous le voulez j'ai préparé un brouet à ma manière, on peut le partager, madame Doucet. Comment a-t-elle su mon nom, je ne me souvenais pas lui avoir donné mon identité ? Devant mon étonnement, elle se présente : Moi, je suis Keiko, appelez-moi Keiko. – Et moi Jeanne, Jeanne c'est moins solennel que madame Doucet. Je lui prie de m'accorder le temps de me rafraîchir. Alors son sourire s'élargit.

J'arrive essoufflée jusqu'à ma chambre après la montée de l'escalier. La grande croix de bois noirci me regarde. Dans l'air, ce parfum d'une douceur humide de buis amers. J'essaie d'ouvrir la fenêtre mais le verrou est bloqué. Du fond de mon sac s'échappe la tonalité de mon portable. Quelques messages professionnels et un autre du diacre Caposi qui me demande de le rappeler ; moi qui pensais ne plus avoir de ses nouvelles. Je n'hésite pas à composer son numéro. Une fois encore, les sonneries s'évaporent dans le vide jusqu'à ce que sa voix fluette prie de ne pas laisser de message. Au bout du couloir, une douche sommaire et un lavabo que sépare un rideau de plastique sur lequel est reproduite la vague de Hokusai. Je m'en accommode.

Au pied de l'escalier, j'entends la voix musicale de Keiko m'appeler : Jeanne, Jeanne. Elle est déjà installée, immobile, la face fardée de blanc, sa bouche rouge, d'une perfection silencieuse sous une verrière qui donne sur une cour-jardin. Des plantes exotiques envahissent l'espace et des chants d'oiseaux s'échappent de feuilles géantes en forme d'oreilles d'éléphant. Des perruches vertes, des canaris vont et viennent dans une cage dont la porte est entrouverte. J'ai devant moi un tableau exotique qui me désoriente dans cette maison à colombages au milieu d'un village perdu. Quelques instants dans la contemplation, j'admire cette femme dans son kimono bleuté comme si elle se tenait prête à danser une pantomime nô. Elle semble être née dans ce décor. Sous la lumière tamisée, ses traits paraissent plus doux et tranquilles. Il m'est bien difficile de lui donner un âge. Je n'avais pas remarqué son visage pur, l'attache de ses poignets et la finesse de ses mains qui, croisées, soutiennent son menton. Gracieuse au point que je ne peux plus détacher mon regard. Nos couverts sont dressés face à face. Un bol fumant, des plats en bambou... La profondeur fraîche caractéristique d'une serre chaude et moite se mêle aux arômes épicés de la soupe et au parfum aquatique si particulier de Keiko. Elle m'attend comme un amoureux aurait pu préparer un dîner en tête à tête. D'elle, elle offre cette image séduisante d'estampe que j'associe au pays du Soleil-Levant, mais qui est-elle ? Que me veut-elle au juste ? Je me tiens sur le qui-vive. Son sourire qui semblait impossible s'esquisse quand je m'assois et me procure un soulagement. J'ai le ventre creux mais n'ose pas commencer la première. Keiko a bien compris mon impatience, elle joue d'un mouvement nerveux avec ses baguettes et me raconte l'histoire de la tigresse affamée : Un prince qui chasse dans la montagne avec ses deux frères. Quand il se trouve face à une tigresse et à ses petits mourant de faim, ses frères veulent s'enfuir, mais le prince, courageux, se jette au-devant du fauve pour être dévoré. Ainsi, dans sa vie future, il deviendra Bouddha. Ses yeux roulent, paraissent ailleurs, à des siècles en arrière. Que veut-elle me signifier avec cette histoire pour endormir les enfants ? Je me tiens là, figée, et je l'écoute, silencieuse, dans le caquètement des oiseaux sans trop savoir où elle veut en venir. Après qu'elle a raconté sa légende, nous mangeons la soupe miso sans échanger un mot, chacune à l'affût de l'autre, des regards entre inquiétude et apaisement, un plissement de paupière. Ensuite, après avoir goûté aux brioches cuites à la vapeur, j'hésite à lui parler d'Émérence, je sais si peu sur elle, qu'elle aussi m'apparaît comme une légende et je crains qu'elle ne me prenne pour une illuminée. Il est si délicat d'évoquer l'invisible. Garder le secret me devient insupportable, j'ai peur de m'enfoncer avec lui. Mais Émérence m'envoie des signes, je reçois ses crépitements contagieux qui m'obligent. Alors je me lance, je commence par lui parler de ma profession de chercheuse en parfums, activité qu'elle trouve « insolite ». Elle me pose des questions sur la distillation, les substances que l'on utilise. Je lui expose les propriétés des orties blanches, des fleurs de sureau, des grains de cresson. Branches d'ifs, écorces d'agrumes... Elle s'étonne, s'esclaffe. J'ai l'impression qu'elle m'écoute par politesse. Mais rien ne m'arrête, il me faut parler, livrer mon mystère. Est-ce bien moi qui décide ? J'en arrive à l'invitation du diacre Caposi et du professeur Bonnencontre, alors je m'emporte quand j'en viens à Émérence, son cœur noir qui s'accroche, ce cœur qui hiberne en moi, son sang vibrant jusqu'au feu de mes doigts. Des bouffées montent en moi, m'envahissent. Il me faut m'arracher mes mots, je m'épuise. Elle écoute ma voix ébréchée, toujours cette fixité du visage, jouant avec ses baguettes, à peine hoche-t-elle la tête dans une douce indulgence. Elle ne semble pas surprise.

Sans rien dire, elle se lève, dépose un 33 tours sur un vieux pick-up, un air lancinant que je ne connais pas. Elle fait signe de me lever, me prend les mains, me saisit les hanches et nous dansons une valse lente au milieu des oiseaux et des plantes géantes. Mes mains tremblent, je n'ose lui tenir la taille. Ma tête tourne, se vide peu à peu. Je me laisse aller, me laisse aller. Je ne me souviens plus de la dernière fois où j'ai dansé. Et personne ne m'avait serrée dans ses bras depuis longtemps. Je pense à ces insectes qui se confondent avec une feuille ou une branche ou à ces petits mammifères dont les taches ou les rayures de leur pelage s'unissent avec leur milieu, ils peuvent ressembler à des espèces dangereuses alors qu'ils sont inoffensifs. Ensemble, nous sommes collées l'une à l'autre en une danse lasse et triste. Je n'aurais pas imaginé que nous nous accorderions. La chaleur de son souffle soutenu, sa poitrine contre la mienne presque à m'étouffer. Je sens monter cette rougeur annonciatrice d'émotions plus violentes. Plus la musique se fait entraînante, plus Keiko accroche ses bras à mon cou, puis ses mains fines serrent ma taille. Je suis sa prisonnière. Ses ongles s'enfoncent dans ma chair. La musique nous entraîne, nous enivre. Je suis perdue. Elle maintient son regard dans mon regard, ses paupières se baissent, ses lèvres plissent, se rapprochent, viennent effleurer les miennes... Tout à coup, je sens son odeur comme un mépris, un dégoût. Des yeux, je la supplie. Tout devient confus pour moi, je ne veux pas cela. J'essaie de me dégager. Brutalement, je me défais de la créature, lui jette un regard froid de défiance. En lui tournant le dos, je hurle : Vous espérez quoi ? Je claque avec rage la porte de la serre. Mon cœur soulève ma poitrine à force de battre vite, trop vite. Les marches quatre à quatre, et je regagne ma chambre.

J'ai tiré la targette de peur qu'elle me rejoigne. Je suis restée assise au bord du lit, tentant de recouvrer mes esprits. Je m'en voulais tellement de m'être sentie en confiance, je me trouvais naïve, idiote. Puis je me suis armée de courage pour me rendre jusqu'au bout du couloir. Je marche sur la pointe des pieds, m'asperge d'eau et savonne le rouge laissé près de ma bouche. Dans le miroir terni, je vois un visage défait, chiffonné, qui n'est pas le mien, plus exactement, je ne me reconnais pas dans ses reflets de cendres de lave. Je soupire et regagne ma chambre. Porte verrouillée. Une fois nue, je m'allonge entre les draps frais un peu humides et j'éteins la lampe de chevet. Seul le rond de la lune verse sa lumière jaune à travers la meurtrière. Il me semble entendre des glissements de pas étouffés. Une sorte de hoquet survient que je ne parviens pas à contrôler, je dois reprendre mon souffle, je crains de faire du bruit et qu'elle m'entende. Brusquement, je reçois une décharge électrique, un éclair me traverse. Un magnétisme animal s'empare de moi, mon sang bout, mon corps tout entier. Une spirale s'enroule autour de moi, m'enroule, se déroule, se love, se délove en un mouvement hélicoïdal, lacis noir de corneilles et leurs criailleries. Un bourdonnement m'enferme. À l'extérieur les ténèbres, le ciel craque. Le rythme de la pluie bat mon unique fenêtre, les gargouilles crachent leur eau. L'arc infernal, sans visage, amplifie le sentiment d'être seule. Une voix sourde descend sur moi, martèle : Tu es ma fille bien-aimée en qui j'ai fait mon choix. Cette voix ne s'adresse pas à moi, ne s'adresse pas à moi, ne s'adresse pas à moi, ne s'adresse pas à moi. Je ne veux pas l'entendre, elle est plus forte que tout, elle me commande. De qui est-elle la messagère ? Des visions m'emprisonnent, zigzags et jeux de lumière livide, taches de sang, face blafarde, lèvres muettes, seuls des yeux mobiles. Impossible de les repousser. Dans le prisme frémissant d'images changeantes tremblote la pulsation de ma pensée en une cacophonie incontrôlée : mon esprit va-t-il revenir ? Mes hallucinations ne me lâchent pas, comment me raisonner ? Il le faut pourtant. Mon corps raidi, paralysé, je ne peux faire un mouvement. Il me faut attendre longtemps avant que les ombreuses avalanches ne s'apaisent. Je me réveille confuse, sans savoir où je me trouve, je ne suis plus qu'un fantôme titubant en nage, visage et corps en sueur, oreiller, draps trempés, maculés.

J'aurais aimé savoir qui me persécutait cette nuit. Des forces souterraines se sont insinuées dans mon corps et ont pris le pouvoir. Elles se sont glissées en moi, ce sont elles maintenant qui voguent dans mes veines, dans mes artères.

Comment percevoir la frontière entre réel et imaginaire ?

Je n'y parviens plus. J'ai l'impression de m'être réveillée dans une autre vie que la mienne. Je m'épuiserai à retrouver Émérence.

Oui, je m'en veux de m'être confiée à Keiko. Elle en sait beaucoup trop. Que me veut-elle à la fin ? Au réveil, au pied du lit, un éventail dont je n'avais pas remarqué la présence.

Le clocher sonne une heure endormie. J'ai faim. Il va falloir que je ruse pour m'échapper sans croiser son sourire impassible, toujours le même. Je crains qu'elle ne fasse le guet et qu'elle m'attrape avant que je sorte. Je rassemble mes affaires et mon sac de voyage à la main je descends à pas de loup sans avoir fermé la porte de ma chambre. Je me retourne à plusieurs reprises, elle doit bien se cacher. Au pied de l'escalier, je n'entends ni ne vois personne. J'ai la drôle d'impression de fuir comme une voleuse et je glisse deux billets en vue, calés sous un cendrier, sur la console de l'entrée. Keiko disparue... Je n'y crois pas. Sans doute m'épie-t-elle de quelque part avec ses yeux noirs, son parfum flotte partout.

Le soleil, derrière un convoi de nuages, sèche l'asphalte des pluies de la nuit. Sur le parking, une fanfare surgit, se met en place, les cinq ou six musiciens accordent leurs instruments dans un tintamarre de fête. Je range mon sac dans le coffre de ma voiture garée près du monument aux morts et pars à la recherche d'un café. À l'angle de la première rue, un bistrot-tabac fait office de dépôt de pain. Je m'attable à l'un des guéridons au plateau de marbre, derrière une fenêtre à petits carreaux d'où je peux suivre des yeux la fanfare et n'entendre que des franges sonores. Effluves mêlés de pain chaud, d'insecticide et de café. Le garçon qui prend ma commande me regarde d'un air méfiant. Une petite croix pend à une de ses oreilles. Dans mon esprit persiste la confusion des béances de la nuit mais la tasse de café brûlant et le croissant me ramènent à la vie. Je sens qu'il suffit de peu de choses pour que je vacille à nouveau dans l'enchevêtrement de mes inquiétudes. Au moment de régler, le garçon me dit : Keiko ne sert plus de petits déjeuners ? Je me contente de répondre d'un mouvement d'épaule, il n'insiste pas. Quand je sors, la fanfare rassemblée autour du monument aux morts se disperse au son du tambour. Je reste un moment à observer un oiseau se déplacer à la verticale dans le ciel pur, comme aspiré par un chemin d'air ascendant. Il est de la taille d'une tourterelle, au plumage strié d'un gris délicat et d'une collerette vert tendre. Son chant strident accompagne les martèlements du tambour en un duo bien rodé.

Je marche au hasard des rues où ruissellent les feux de l'ombre. Quelques bruits s'échappent des maisons anonymes, arômes de cafés brûlés. J'ai du mal à m'extraire des travées de la nuit. Les visions de mon sommeil ne cessent de se nouer et de se dénouer. Elles se bousculent dans une grande turbulence. Comment les quitter ? Je ne sais plus qui me poursuit. Qui me frappe de ses caprices ? Qu'est-ce que ça veut dire ? J'aimerais qu'on me libère de tout ce poids, retrouver la grâce de la vie. Je regrette d'avoir accepté la proposition du professeur Bonnencontre. Il faudrait que je l'appelle à la rescousse mais composer son numéro est au-dessus de mes forces.

Au détour d'une rue, je tombe sur un bureau postal et je demande à la jeune femme campée derrière son guichet à consulter d'anciens annuaires. L'employée me dit : Vous avez de la chance, il y a tout ça, me désignant une pile dans un coin de la pièce, ils doivent partir à la déchetterie la semaine prochaine, prenez ce que vous voulez, ils ne datent pas d'hier. Aujourd'hui, avec Internet, ils ne servent plus à rien. Je me suis assise par terre et un à un je les ai feuilletés et j'ai tout de suite cherché à la lettre D. Dans le Bottin de l'année 1970, une ligne mentionne une Madeleine Denosse, un numéro de téléphone et une adresse : 3 rue des Rosiers à Pont-de-Ruan. La fille de la poste me propose de l'emporter, mais j'ai préféré déchirer la page, je la remercie et lui demande si elle connaît Madeleine Denosse. Un « non » de la tête. Dès que je sors du café, je compose le numéro sur mon portable mais une voix de synthèse me dit qu'il n'y a plus d'abonné. J'irai tout de même rue des Rosiers, on ne sait jamais.

Quelles traces dois-je suivre? Parfois la chance vous pousse dans la bonne direction. Une porte se ferme et une autre s'ouvre. Alors que je m'apprêtais à pénétrer dans l'église, sur le parvis, une voiture me frôle au ralenti, le break rouge d'hier. La vitre se baisse. À travers le pare-brise, je reconnais Hurteau. D'un geste, il ôte sa casquette pour me saluer, son autre main appuyée sur le volant, une main d'un rose cuit, le rose d'une chair parcheminée, morte. Hier je n'avais pas remarqué sa prothèse de celluloïd. Sa voix neutre : Montez, je vous l'ai promis, je vous emmène au moulin. Sans trop réfléchir, je m'engouffre à la place du chien. Sur le tableau de bord et sur le sol, des confettis de couleur. Nous roulons à faible allure, comme si la boîte de vitesses était endommagée, nous suivons le bas du coteau de craie aux crêtes chevelues. Par moments, le break mord la banquette d'herbes, fait des embardées comme si mon conducteur était ivre. Je lui cite le nom de Madeleine Denosse découvert dans l'annuaire. Il s'esclaffe : Oh là! Madeleine, ma petite Madeleine! Elle avait le feu entre ses mains. Elle attirait du monde rue des Rosiers ! Je l'interroge : Le feu ? – Oui, de l'or dans ses doigts, mieux qu'un rebouteux. On l'appelait la sorcière. Les gens se déplaçaient de loin à la ronde. Ils lui laissaient des cadeaux pour la remercier, parfois de l'argent mais ça ne l'intéressait pas. Il marque un silence : Elle est morte maintenant... Mes yeux ne parvenaient pas à se détacher de sa main de substitution calée sur le volant, il finit par le remarquer. Vous regardez ma main. Je l'ai perdue il y a longtemps déjà, découpée par une scie électrique quand je travaillais au moulin... Du velours dans la voix, quand il ajoute : On s'habitue, on fait avec... Ou plutôt sans. Je baisse la vitre, incommodée par les relents du chien.

Hurteau arrête le break devant la grille du moulin. Un instant, je demeure paralysée au pied de la façade mangée par le lierre qui a même gagné les ardoises du toit. Au niveau du premier étage, un volet bat au vent. Hurteau me laisse à ma contemplation et finit par s'impatienter : Alors, Jeanne, vous venez ! Il a déjà sorti de la poche de sa veste de chasse un trousseau de clefs. Il en isole une. Quand s'entrebâille la porte, je sens mon cœur se contracter ; prise d'un vertige, ma tête tourne et je manque tomber dans les pommes. J'essaie que Hurteau ne le remarque pas, recule de quelques pas pour mieux reprendre ma respiration. Une puanteur de charogne me saisit à la gorge et me lève le cœur. Mon foulard sur le nez, je me décide enfin à pénétrer dans le moulin. Aux murs du couloir qui fait office de hall, des massacres, bois de cerfs et têtes de sangliers. Une porte à double battant s'ouvre sur une vaste pièce, au centre de laquelle un muret en arrondi, qui devait supporter un mécanisme, a été transformé en bar. Quelques flacons d'alcool, des verres. Hurteau tire les doubles rideaux en brocart à ramages. Qui se cachait derrière ces lourdes tentures ? L'électricité a été coupée et, dans une semi-pénombre, je devine l'éclat d'un passé : haute cheminée et son trumeau, suspension en verre de Murano, profonds fauteuils chinois, tables en laque... Dans un coin, une chaise à porteurs. Sur le damier noir et blanc du sol des empreintes de pas dans la poussière, des souris et des rats crevés, une forêt de bouteilles vides. Champagne. Tout un lustre miroitant dans les décombres qui m'éloigne d'Émérence. Face à moi, sur un des murs, le plus long, court une fresque rongée par le salpêtre représentant des femmes nues ou à demi drapées, Bacchus et angelots. On peut y lire cette phrase énigmatique d'une écriture appliquée : *Il ne suffit pas d'être belle pour qu'un homme s'attache à vous.* Je m'approche d'une des fenêtres que Hurteau vient d'ouvrir et suis des yeux la trajectoire d'un oiseau qui file, les ailes brillantes d'un martin-pêcheur. Je cherche l'air et une explication. Je crois commencer à comprendre. Dessous, le bouillon de l'eau et son fracas. Il est dangereux de se pencher ! La voix de velours de Hurteau. Je sens sa main de plastique appuyer sur mon épaule. Je me retourne, il se tient tout près de moi, avec un air de chien battu. Il me colle. Je fais un écart. Oh non, ne croyez pas... N'ayez pas peur, avec moi vous ne craignez rien. Des gouttes perlent à son front. Je m'éloigne de la fenêtre, recule encore. Et sa voix de plus en plus basse : Il y a eu des orgies ici. Je ne vous cache pas que j'aurais bien aimé y participer, au moins une fois, pour savoir enfin ce que c'est. Dans le village, on en parlait à mots couverts, des bruits couraient. Certains remarquaient les cylindrées des notables garées devant le moulin. Ils disaient : C'est le carnaval chez les Denosse, il y a encore eu une sacrée bamboula, toutes ces grosses voitures, toutes ces « partouses »... Il baisse la tête, embarrassé, et s'arrête sur ce mot qui a sur lui un effet singulier.

C'était donc ça, sa vérité ? Par la fenêtre, le ciel se couvre comme si le jour ne devait plus jamais se lever. J'ai envie de partir mais je reste avec ce drôle de bonhomme. Je me demande quel était le rôle du père de Hurteau, et celui de son grand-père qui « travaillaient » pour les Denosse. Peut-être se contentaient-ils de s'occuper de l'intendance comme maintenant Hurteau retrouve les gestes d'hier. Il rassemble des branches de bois mort, quelques feuilles d'un journal et allume un feu dans la grande cheminée. Vous pouvez vous installer, il y a encore des bûches, vous ne prendrez pas froid. J'ai à faire. Je repasserai plus tard, dit-il, le ton rempli de ruse. Malgré moi, je lui fais un signe d'adieu de la main. Une fois la porte refermée, je me sens prise à la glu. À l'extérieur, le diesel de Hurteau couvre les craquements du feu, le ronflement s'éloigne, revient le sifflement du vent. Je pourrais fuir mais quelque chose me retient ; je m'effondre, le corps ramassé en un poing, dans un des fauteuils chinois à l'odeur de moisi, prisonnière d'une stupeur muette, et fixe le jeu du feu. Envie de m'évaporer comme les flammes s'effacent. Mon esprit tangue dans le vide, je me détache du monde et sens monter en moi une souffrance. Encore une fois, ça me reprend, elle ne me quitte plus cette impression de naviguer entre des territoires interdits. Elle s'acharne. Quel vaste remords me tourmente ? J'aimerais tant m'en débarrasser. Qui viendra m'en délivrer ?

Une boussole m'oriente. Je me reprends et m'efforce de grimper à l'étage munie de mon portable. Le large escalier rétrécit au fur et à mesure de la montée pour finir en une sorte de goulet. J'avance sur le plancher, évitant les trous et les lattes arrachées. Je pousse des portes. Une chambre puis une autre. Sur les papiers peints décollés, des ombres apparaissent et disparaissent sans bruit. J'essaie de les atteindre, j'approche ma main : elles sont déjà évanouies. Dans le faisceau de mon portable, des lits défaits, draps souillés, linges avec des traces brunes de sang, brocs en émail cabossés, tubs rouillés, une aiguière en argent... Des émanations infâmes m'accablent. Un miroir en pied fracassé renvoie mon image fragmentée. Et dans tous ces multiples éclats j'ai bien du mal à me reconnaître. Je rassemble mon énergie, avance dans la pénombre et les grincements du parquet, animée par une force intérieure. Je me demande qui agit à ma place mais je sais que c'est elle. Une autre pièce où gisent ici et là des bagages, deux valises et une mallette avec des initiales, M. D. le chiffre des Denosse sans doute, d'autres plus modestes en carton bouilli. Je les ouvre les unes après les autres dans l'espoir d'y trouver un renseignement, un indice, une piste qui m'aideraient. Un souvenir d'Émérence, peut-être. Mais aucun de ces bagages, trop récents, n'a pu lui appartenir. Les valises sont vides, ou presque, des mites se réveillent et s'envolent en un zigzag maladroit. Dans une d'entre elles quelques mouchoirs amidonnés piquetés de rouille et une carte postale de petit format aux bords dentelés. Je braque le faisceau de mon portable sur l'image pieuse en noir et blanc. Au verso, sous la douche de lumière, l'écriture ronde, celle d'un enfant : « En souvenir de notre Émérence. Madeleine. » Elle est adressée à Martial Denosse moulin de Pont-de-Ruan (Indre-et-Loire). J'examine de plus près le timbre oblitéré de Lourdes (Hautes-Pyrénées), date illisible sur le cachet. Je remets la carte dans la valise, la referme et suis prise de soubresauts nerveux. Des images obscures reviennent, se bousculent, m'assaillent. Mornes figures. Nuits sans sommeil nageant dans la fumée, tête abasourdie, corps rougi, apostrophes des hommes, mains brusques, fornication, cris, sanglots... Quels mots, quelles pensées peuvent surgir de l'irréductible obscurité. Émérence me parle du fond de cette nuit qui semble ne pas devoir finir. La crédulité ni la superstition ni la foi ne sont mon fort. Mais je dois me résoudre à ces plaintes que j'entends, sorte de langue étrangère, qui me hantent et s'abandonnent en moi secrètement. J'attends un signal, une étincelle de lumière, un baume, de folles imaginations. Par les lucarnes une pluie fine et grise, interminable, prolonge l'infini, s'abîme vers les profondeurs du ciel. J'entends son vacarme et je ne sais si elle ouvre sur le passé ou un avenir noir. Une invitation au vide, je pourrais m'y dissoudre et me demander si je suis encore vivante. Je grelotte, un courant d'air passe sous ma peau, traverse mes os, une peur dans mes membres.

Qui viendra me réchauffer ? La confusion m'envahit, je me sens autre que moi-même. Je m'agenouille dans la poussière, me recueille, lèvres closes, main sur le cœur, la raison assombrie. Est-ce ainsi que l'on se console ? Il est tentant de se laisser aller. Il y a donc quelqu'un. Elle revient, ombre dans la trace de mes pas. Elle me parle une fois encore, sa voix froide : Laisse-moi rester. J'aimerais m'échapper mais elle me retient, me prend d'assaut. Je sens sa présence dans mon dos. Son babil m'étourdit, m'embarrasse. La frontière entre songes et réalité s'efface. Un fredon vient frapper à mes oreilles : « Le corps vous quitterez, non le tourment / Cendres vous serez, mais sensibles encore / Poussière, oui, mais poussière amoureuse. » Je me laisse surprendre et me perdre dans cet état de torpeur, mon petit cœur battant. Je m'y résigne. J'entends comme un murmure : Aujourd'hui ta conduite a été merveilleuse. Impossible de faire la sourde oreille. J'écoute la douce voix, accrochée à ses mots qui m'emplissent, me dévorent. Qui de nous deux entraîne l'autre ? Nous avons, elle et moi, la même stature. Mais ma vie n'a rien d'exemplaire.

L'éclat d'un visage au teint translucide mi-femme mi-enfant le front haut, les traits creusés par l'épuisement, rayonne et se dresse devant moi. J'aurais aimé hurler mais aucun son ne peut sortir de ma bouche. L'apparition phosphorescente faite d'ardeur et de tristesse brûle dans l'ombre noire puis se dissout en un instant.

Frappée de stupeur d'avoir vu l'imperceptible, je dévale l'escalier à toute vitesse avec l'impression de me poursuivre. Suis-je moi-même ? suis-je l'autre ? En bas, le feu s'est éteint. Le grondement des eaux et le bouillon des écumes de néant emplissent un silence. Je garde l'éclat de l'inoubliable, la force suprême de ses yeux, ceux d'une enfant qui n'avait plus le désir de grandir. Qui croira à ce mirage ? L'inconnu s'est produit. Je suis tenue au secret. Condamnée à me taire. Aucune raison de m'épancher. Je sens comme un apaisement, même si un vide immense me sépare de celle à qui j'ai volé le cœur. La présence d'Émérence m'est devenue nécessaire et je me demande si, dans l'autre sens, elle aussi a besoin de moi. Reviendra-t-elle ?

Je souffle sur l'âtre, quelques branches mortes réveillent les braises écarlates. Je suis là et ailleurs. Mon passé s'effiloche dans les bleu et jaune des flammes et les brûlés âcres de suie après la pluie.

Finalement, je me suis décidée à sortir au grand jour. La terre dégorge ses eaux, elle dégage ses parfums minéraux, si prenants qu'ils agissent longtemps. Dans le ciel, à coups d'ailes saccadés un oiseau lutte contre les flots de l'air, son chant jaillit en vrac. J'aimerais tant voler à ses côtés. Je marche dans les prés mouillés avec la sensation de patauger dans un marécage. L'éclat accablant sur la rivière me trouble la vue, m'électrise. Des nénuphars, et leurs feuilles lourdes de patience montent à la surface, puis tentées par les profondeurs, s'enfoncent jusqu'à l'indistinct, puis remontent. L'image d'Émérence vient à mon esprit, s'obstine et c'est elle, subreptice, je vois miroiter dans ses yeux une tendre lumière de velours. Les ombres mouvantes de son visage ne durent qu'un court instant, quelques petites secondes, et je me demande si je ne rêve pas dans le délire d'une fièvre. Je n'ai plus aucune notion raisonnée. Ça ne doit pas être elle, Émérence préfère les ténèbres et les silences aux chants d'allégresse.

Sur la route de la crête file une voiture rouge. Je la suis des yeux et elle disparaît de l'autre côté du coteau. Hurteau m'a-t-il oubliée ? Je serais bien montée jusque là-haut mais je ne sais quel chemin emprunter. Ma poitrine se serre, il me faut retrouver ma voiture et j'ai les jambes coupées, je ne sais si j'aurai le courage de regagner le village à pied. Je rassemble mes forces et décide de partir sur la route, persuadée que Hurteau ne reviendra plus. J'aurais volontiers appelé quelqu'un pour me venir en aide mais je ne connais personne. Quand je saisis mon téléphone au fond de mon sac à main, Caposi m'a laissé un message inaudible. Il m'est impossible de le joindre, je dois être dans ce qu'on appelle une zone blanche. A-t-il des nouvelles ? J'aimerais bien trouver un appui et partager mon secret mais qui comprendra ce qui m'arrive, j'éprouve un abattement inexprimable. Comment expliquer cette visite singulière qui m'encombre ? Je voudrais fixer mes impressions sur le papier mais j'ai laissé mon carnet dans la voiture. Je poursuis ma marche pour ne pas penser et me détacher de cette inquiétante vision où je me noie dans l'opacité de la rivière. Une fraîcheur tombe sur mes épaules, les coteaux s'assombrissent et je pense que j'aurais dû rester au coin du feu à attendre Hurteau mais la vision d'Émérence m'a poussée à quitter le moulin. Il m'était impossible d'y rester plus longtemps. Je me sens partir à la dérive, heureusement Émérence, ma colonne transparente, me retient et m'imprègne. Sa curieuse souffrance m'assiège, je suis consciente que je ne peux l'esquiver. Je n'oublierai jamais ce qui m'arrive. Aussi, je veux en savoir plus. Qui pourra m'aider dans mes recherches ? Je me rendrai dès demain matin à la mairie, ils doivent bien avoir des archives. J'arpente le sentier bordé d'une ligne de peupliers, il me paraît interminable et le froid me pénètre de plus en plus. Je ne sais plus l'heure, le soir tombe, j'ai dû perdre la notion du temps. En bordure de l'eau, un atelier à l'abandon toutes portes ouvertes, je m'y réfugie. À l'intérieur de la pièce, suspendue dans le vide, une étrange construction de fil de fer en forme de poisson. Je suis l'arête en équilibre à mordre le vide, à vibrer dans le vent. Mon corps n'est que vertige. J'attends un moment, assise sur un agglomérat d'objets divers, à regarder clignoter cette pièce de métal. De doux relents d'essence de térébenthine s'élèvent. La fixité du visage de Keiko se confond avec celle d'Émérence pour ne former qu'une seule image, fresque écaillée. Il faut que je quitte l'endroit, la nuit couve, je crains une mauvaise rencontre.

Passé le pont, il me faut encore gravir la petite côte où s'allument des flammes et je serai devant l'auberge. Je devrai me confronter à Keiko, ce qui me paraît insurmontable. La nuit ondule, je n'ai d'autre choix que d'y retourner pour m'y reposer. Sur la place sous le halo des lampadaires, le monument aux morts, son drapeau et ses jardinières fleuries, la mairie derrière et l'église me rappellent que je suis bien dans un village de France. L'enseigne de l'auberge est déjà éclairée et des lumières brillent à l'étage. Arrivée à ma voiture, alors que je m'apprête à prendre mon sac de voyage, mon portable se réactive. Sur le parvis de l'église, j'écoute le message de Caposi, une gêne dans le filet de sa voix. Comment me sait-il sur les traces d'Émérence ? Il me conseille de me rendre dans le village de Richelieu, à une quarantaine de kilomètres de là, de descendre à l'hôtel du Puits d'or, un libraire, Serge Grémille, me donnera des indications, une marche à suivre. Je suis prête à tout. Mes mains se mettent à trembler. J'aurais bien pris un remontant mais le café-tabac a déjà tiré son rideau de fer. Quand j'appelle le diacre Caposi pour en savoir davantage, je tombe une fois encore sur son répondeur. Je raccroche. Lui saura peut-être éclaircir les points obscurs lourds d'interrogations. Qui d'autre pour me secourir ?

Après avoir consulté une carte, je prends la direction de Richelieu sur les conseils de Caposi, soulagée de m'être débarrassée de Keiko. Je sors du village, m'engouffre dans les plis de la nuit au hasard d'une route de campagne. La plaine, puis la forêt gémissante de solitude, l'ombre du terrible. Dans les phares, sous la voûte des arbres, les vibrations des flaques d'eau brillent sur le bitume. Des branches caressent le pare-brise. Je roule à petite vitesse, vitres baissées pour me débarrasser de l'odeur désagréable de plastique, et hume celle des sous-bois mouillés. Un froid s'élève des herbes humides. Parfum de terre crue. Je suis la départementale et je ne sais plus qui me pousse à poursuivre cette route, aimantée comme les anguilles sont guidées par de mystérieux courants pour rejoindre une mer lointaine. Je pourrais zigzaguer ainsi toute la nuit dans l'ignorance des intersections, mais pour aller où ? Je traverse un village endormi, seules quelques lumières bleues à peine réelles veillent. Un panneau indique la direction de Richelieu. Quelques kilomètres encore. J'espère bien que l'hôtel du Puits d'or sera ouvert. Y aura-t-il seulement quelqu'un ? Je doutais d'y être vraiment attendue.

La nuit pèse. Je contourne un parc et ses grands platanes aux feuillages immobiles puis des murs d'enceinte, cuirasse d'une citadelle entourée de douves. L'ombre d'une écrasante statue sur son socle semble être la gardienne des lieux. Je m'engage sous une arche surmontée de sphères, progresse entre des façades de pierres nues, toutes semblables, faiblement éclairées par des lanternes d'un autre siècle. J'ai l'impression d'entendre sonner des hallebardes sur les pavés mais c'est le calme qui baigne ces maisons d'ordre et de géométrie, comme si le bourg avait été neutralisé, le temps arrêté. Il me semble avoir déjà traversé cette cité où rôde une petite mort, il y a très longtemps, une autre vie peut-être. Dès l'entrée je suis menée vers la sortie comme s'il ne fallait pas que je m'arrête, comme si l'on ne voulait pas de moi. La rue principale coupe la ville de part en part. Tout dort déjà. Y a-t-il quelque chose derrière cet ensevelissement ? Mon sang bat plus vite. Je suis contrainte de faire une deuxième fois le tour des murailles et de pénétrer sous une autre arche, identique à la première. Une ville de reclus où ne frémit pas la vie, un quadrilatère où l'on doit se sentir prisonnier. Sur une des deux places cligne le blason de l'hôtel du Puits d'or. Une treille court sur la façade. J'appuie sur la sonnette de nuit. Personne ne vient. Je n'avais pas remarqué un carton scotché sur la porte vitrée « entrez sans sonner ». Je la pousse et, mon sac de voyage à la main, attends dans le silence d'un vestibule désert. Remugles de peur. Suspendus aux murs, un attirail de vieux cuivres et, tout au fond, un piano laqué noir dont je doute que quelqu'un ait soulevé le couvercle depuis longtemps. L'envie d'y jouer un air. Sous les ampoules vacillantes d'un lustre, apparaît enfin une femme vêtue d'une robe violette, la démarche incertaine, celle des araignées qui avancent de biais, un air d'élégance. L'œil ensommeillé, elle me dévisage puis le souffle acide de son haleine maugrée : Je vous attendais. Elle ne me pose pas de questions. Mon arrivée semble, pour elle, une évidence. Sa robe plissée de serge violette descend jusqu'aux chevilles. Sa silhouette me conduit jusqu'à une chambre et se retire avec les mots et les consignes d'usage : Vous serez au calme tout là-haut. La voix rauque se tait et elle disparaît. Ses pas s'escamotent sur le tapis de l'escalier. Sur le badigeon des murs de chaux, une croix nue, la même que celle de l'auberge de Keiko. Les deux femmes se connaissent-elles ? Dans un coin de la pièce, un lavabo d'émail blanc où je me rafraîchis. Au-dessus, le miroir me prête des traits qui ne sont pas les miens. J'essaie de m'endormir sans y parvenir, fixant la fenêtre ; le rectangle noir de la nuit épaisse troue l'obscurité. Je m'agite, me retourne sans cesse. Échouée sur le lit, je me laisse glisser dans le tourbillon giratoire des rêves. Lambeaux de vie, images culbutées, les allégories s'allument dans mon cerveau, oscillent par instants comme le rouge des lueurs d'un métal brûlant. Des flammes difficiles à éteindre. Je la vois danser le corps couvert de cendres. L'absente m'habite, le cœur alourdi. Je sens son parfum de levure. Une autre que moi erre dans moi. Ce nom sans visage va encore dormir avec moi, en moi ; nous ne faisons qu'une. J'appelle sa main, je la sens coupante de froid. Qui m'aidera à ouvrir la trappe de mon chemin ? Une voix basse me parle, celle qui souille mon sommeil de souvenirs éparpillés, ceux d'une mémoire étrangère que je tente de reconstruire. J'aurais tant aimé retenir ses désastres anciens. J'aurais aimé marcher avec elle dans les rues rectilignes de ce bourg qu'il me semblait reconnaître. Y étais-je déjà venue ? Mais quand ? Je me sens empaquetée, une dalle tombée sur moi avec l'impossibilité de soulever la pierre scellée. Une odeur noire, respirer dans le noir que je ne connais pas. Il me faut remonter à la surface, forcer les silences, m'extraire de cette tombe creusée dans les nuages. Ressurgira-t-elle à la lumière ? Je serre mes mains l'une contre l'autre, entrelace mes doigts pour me rassurer.

Au petit matin, fatigue, lourde fatigue. J'éprouve le besoin de poser ma main sur les battements de mon cœur pour les comprimer. J'ai pourtant dormi, mes nuits ne sont plus qu'une fuite dans une part d'invisible. Je me serais bien libérée du poids d'Émérence, mais je n'ai personne à qui me livrer. Je consulte mon portable, aucun message et une batterie à plat. J'aurais bien aimé avoir des nouvelles de Victor Caposi ou d'Alexandre Bonnencontre, il ne me reste plus qu'à compter avec le libraire Grémille que je ne connais même pas. Et lui, que sait-il ?

Dans le contre-jour du hall volettent des poussières. La femme d'hier, dans sa même robe violette, se tient déjà derrière une sorte de guichet. Je me demande si elle n'est pas restée à veiller toute la nuit derrière sa caisse. Je règle ma note d'hôtel. Elle paraît surprise : Vous ne séjournerez pas plus longtemps chez nous ? Nous nous saluons et sans que j'aie à la solliciter, d'une manière froide et indifférente, elle me précise l'adresse de Serge Grémille : Vous trouverez, il y a des grilles et une tête de cheval en bronze. D'un ton sec, elle s'excuse de ne plus servir de petits déjeuners, faute de clients. Je soupçonne Caposi de lui avoir parlé de moi. Qui d'autre ? Que sait-elle au juste ? J'étais prête à me confier mais quelque chose me retenait, peut-être qu'elle est de mèche avec lui. Que me cache-t-on ? Le libraire saura-t-il me tirer de là ? Je garde encore espoir, je vais suivre la piste que m'a dictée Caposi. Pourquoi le diacre me raconterait-il des histoires ? Après, une fois découvertes les ombres terrifiantes de sa vie, je serai peut-être soulagée, je pourrai à nouveau respirer sans elle. Oui, j'aimerais m'échapper de ce cercle, que sa spirale se déroule et me rende libre. Et son âme ne sera plus qu'un mauvais souvenir englouti dans les ténèbres.

En sortant de l'hôtel du Puits d'or, mes pas me dirigent vers l'église et deux clochers en forme d'aiguille en retrait du fronton. Parvenue au milieu de la place, la voix éraillée de la femme violette me hèle, m'indique avec de grands gestes la direction opposée. Stoppée dans mon élan, je lui obéis et pars dans l'autre sens. Je suis encore chargée des feux de la nuit, de sa vie foisonnante, Émérence vibre en moi. J'avance dans les rues vides et, à chaque pas, je sens sa présence sans savoir pourquoi. Les lanternes suspendues à des potences sont restées allumées, des hommes pourraient y pendre. Un vent du large s'engouffre dans la rue principale, l'air a un goût de sel. Brusque sensation de sentir la mer toute proche, au bout de la rue peut-être. Des nuages menacent et le ciel est si noir, on pourrait croire que le soleil ne réapparaîtra plus. Un coup de vent soulève mon imperméable. À mon passage, des silhouettes se glissent derrière les rideaux, les rares habitants se cloîtrent et, derrière les façades, je perçois comme un bourdonnement, celui des rumeurs d'une cité où pourrait couver une épidémie. Les rues rectilignes se succèdent, glaciales. J'emprunte une voie plus étroite, plus sombre. La tête de cheval en bronze doré surplombe l'entrée. Je reconnais la description de la femme de l'hôtel : la grille aux barreaux rouges, celle d'une ancienne boucherie. Je cogne de mes deux poings sur la porte qui finit par s'ouvrir. Un homme moustachu vêtu d'une robe de chambre mauve, appuyé sur une canne à pommeau, me dévisage. J'allais me présenter, il me devance : Vous êtes Jeanne, n'est-ce pas ? Il me tend la main et, paralysée, je l'ignore, fais un « oui » de la tête. D'une voix tremblante je lui demande : Mais comment savez-vous ? – Il n'y a pas grand-chose que nous ignorons sur vous. Il marque un arrêt : Victor Caposi m'a annoncé votre visite. Sa morne petite voix correspond à son physique de retraité, ses paroles en accéléré contrastent : C'est toujours presque désert ici. J'y suis arrivé par hasard, pour visiter et la pierre... cette sévérité... Il marque un temps et poursuit : J'ai tout de suite été emballé par la rigueur de l'architecture et le Cardinal évidemment. Comment l'oublier n'est-ce pas ? C'est sa ville. Ici, il est partout, il accompagne les ombres de la mort. Tout était à vendre, nous avons acheté, une bouchée de pain. Je me suis installé avec Odette et on a transformé l'ancienne boucherie en librairie. Je n'ai pas eu à lui demander s'il avait des clients, il me devance, je ne peux plus l'arrêter : Je travaille grâce à Internet. Je suis un peu spécialisé. L'érotisme ça intéresse toujours et l'ésotérisme a ses adeptes... Je m'en sors, j'ai de fidèles amateurs. Je fais mine de m'y intéresser et balaie du regard les rayonnages de livres en hochant la tête avec un vague air de contemplation : *Dogme et rituels de la haute magie, Écrits mystiques des Béguines, Les lucifériens et les rose-croix, La table d'émeraude, Le livre de la clarté, Merlin, La petite clef de Salomon*... Forte odeur acide de vieux papiers. Grémille et son débit précipité : J'ai des trésors, vous savez, des raretés, tenez, par exemple cet inédit du *Journal du Marquis*. Il tire d'une étagère derrière lui un petit ouvrage relié d'un velours fuchsia, le feuillette avec délicatesse. Je le sens prêt à en lire un passage. Il se retient, compulse l'ouvrage. À son auriculaire, une chevalière avec des armoiries. Il choisit de me montrer une illustration, des corps de femmes et d'hommes nus assemblés formant une sorte de char humain. Le libraire, admiratif, ne quitte pas la page des yeux, il sourit de satisfaction et tourne encore d'autres pages, s'y arrête, prononce ces mots : Tenez, une flagellation échauffante ! Il semble troublé par l'illustration mais c'est moi qui suis embarrassée. Grémille devine ma gêne et se reprend, d'une voix blanche : Bon, laissons le divin Marquis pour le moment, nous avons à parler tous deux, n'est-ce pas ? Il m'entraîne de son pas lent appuyé sur sa canne, dans la pièce contiguë, un sombre bureau où trône, au milieu des livres, un haut poêle ancien en faïence blanche. Un fauteuil roulant glisse en silence sur le tapis, mené par une femme, ses mains aux doigts fins couverts de bagues sur les roues. Je vous présente Odette, sans elle je ne serais pas ici, elle m'a sauvé, je revenais de loin... Sa phrase en suspens. Je ne comprenais pas trop ce qu'il voulait dire mais sans doute avait-il été en mauvaise posture. Odette, le physique d'une gouvernante, dans sa chaise esquisse un mouvement d'épaule, un parfum de jasmin se dégage : Eh bien dis-lui que tu as découvert les livres en tôle, et que tu as fait de la prison... Elle ajoute d'une voix pointue : Il n'aime pas que l'on aborde cette période noire. D'une main, elle rehausse son chignon-couture, de l'autre elle actionne le mécanisme de son fauteuil et disparaît. Et tout à coup, à cause des gravures, bêtement une image me remue comme la vision ineffaçable d'un cauchemar : Grémille concentré à fouetter avec sa canne à pommeau Odette à terre, dénudée, peau rougie, chair meurtrie sous l'excès des coups. Et c'est comme si moi je recevais les coups. J'espère vite me débarrasser de cette vision. Dans la semi-pénombre du bureau, le visage du libraire prend la rigidité d'un masque funèbre. J'ai là quelque chose qui va vous intéresser, me dit-il, désignant d'un mouvement de canne un coffre ancien en bois sculpté. Il s'approche, soulève le couvercle, y plonge ses mains et en ressort un épais cahier à reliure noire. Vous êtes venue pour Émérence, n'est-ce pas ? Il existe encore ce témoignage d'Émérence dans ce gros cahier. J'en ai d'ailleurs communiqué une copie à l'évêché. Il s'agit d'une pièce à conviction qui a plaidé en sa faveur pour sa béatification. Vous verrez, il vous aidera à comprendre. Installez-vous derrière le bureau à ma place, mettez-vous à l'aise, prenez tout votre temps. Grémille me glace avec ses ordres. Malgré tout, je m'exécute, enlève mon trench-coat et m'assois. Il dépose le cahier devant moi et allume la lampe bouillotte. Sa voix adoucie : Je vous laisse découvrir, mais vous n'êtes pas obligée de tout lire. Je me tiens dans la pièce d'à côté. Un frisson me parcourt le corps, je n'ose pas ouvrir le cahier mais c'est comme si quelqu'un m'obligeait et guidait ma main. Je reste un moment à fixer la couverture cartonnée, piquée par l'humidité. Aucune inscription n'y figure. Je ferme les yeux et j'ai l'impression que, d'un coup, le cahier s'ouvre et les pages tournent toutes seules. Les premières phrases sont celles d'un journal de la main d'Émérence, une part de son histoire oubliée dans un puits de sommeil. Oui, je lirai tout, chaque nom, chaque lettre, chaque mot. Une écriture ronde, gauche, à l'encre brune qui a pris le sépia des choses perdues.

m'appelle Émérence Denosse, née à Pont-de-Ruan en 1815 commence mon histoire aujourd'hui en ce printemps d'avril 1845 mon cœur voudrait trouver le repos compte mes jours suis malade un orage me brûle à l'intérieur tremble et vomis souvent et tombe par terre voudrais que personne vive des choses sales comme moi avec mes malheurs un jour senti venu d'au-dedans de moi un secret radieux bondir senti quelque chose de plus fort que ma volonté aveuglée par un rayon plus brillant que le soleil après tous mes malheurs trouvé l'amour qui m'avait toujours fui mon amour pour Jésus s'éteindra jamais suis prête à tous les sacrifices pour lui

Au début, l'absence de ponctuation m'a gênée et puis je m'y suis habituée. Je referme le cahier et, à mon tour, je subis une crise de tremblements, mes yeux picotent, je perds mon souffle. Une étrange faiblesse me saisit. Je hèle Grémille qui accourt. Il me trouve affalée, la tête contre le cuir de son bureau. Il revient avec un verre d'eau, je sens ses pattes qui me tapotent les joues, sa respiration, son haleine. Ça va aller, Jeanne ? Je me redresse, fais oui de la tête. Je dis : Juste une petite absence de rien, et lui demande de me laisser. Toujours sa manie des bavardages avec ses « n'est-ce pas ». Il marmonne : Oui, oui, je comprends bien. Je me tiens là, derrière la porte.

Poursuivre la lecture est au-dessus de mes forces mais je sais qu'il le faut. Il faut que je me reprenne, que je me ressaisisse. J'ai sous mes yeux la vie d'Émérence, je n'ai pas le droit de la laisser tomber. J'aurais voulu prendre des notes sur mon carnet mais à quoi bon, chacune de ses phrases s'inscrit au fur et à mesure de ma lecture dans ma mémoire, je pourrais les transcrire dans dix ans s'il le fallait. Par endroits les mots sont tachés ou raturés, un trait barre la page. À d'autres, ces lignes sans points ni virgule, lâchées comme un souffle de désespoir, pourraient paraître insignifiantes, absurdes, inutiles, moi je ne les abandonne plus, elles me touchent, je suis en communion avec Émérence. Elle parle d'une femme, sans mentionner son nom, au visage et aux gestes gracieux, que l'on contraint à toutes les expériences, qui vient la rejoindre au petit matin et s'allonge contre elle. Elles s'embrassent, se consolent. L'écriture est irrégulière, les lettres se tassent les unes contre les autres, plus loin elles se détachent, plus nerveuses. Parfois un seul mot, en gros caractère plus ou moins au centre de la page. *Assez.* Et je me demande si c'est bien la même personne qui a rédigé ce cahier. Oui, est-ce bien de sa main ? Il me suffit de tourner les pages pour demeurer en sa compagnie. À mon tour le cœur me brûle. Je garde les yeux ouverts, une flamme à mon cou. J'entre dans l'indicible. *C'est bien obscur bien pénible pense que c'est aussi simple souffrir que jouir.* Ses mots m'enveloppent, deviennent les miens. Son âme vient tout près de la mienne. Je poursuis au hasard des pages ses craintes, ses paniques, ses silences pleins et profonds. Quand Émérence écrit : *Toi que j'aime toi que j'adore,* j'ai l'impression qu'elle s'adresse à moi, mais je sais que je ne suis pas Dieu, *suis exaltée sous la lune bleue.* Ses mots m'envahissent, me submergent. Le feu se consume, celui de l'amour, des prières. Je frissonne, j'aurais aimé fermer les yeux, ses pages noircies sans espace, sans marge, m'éblouissent. Ses mots serrés m'étouffent mais c'est elle qui étouffe. Je l'entends me dire : Ça ne t'appartient pas, tu n'as pas le droit... Je me tais, referme le gros cahier, reprends ma respiration, le rouvre. Je relis, reprends, revient en arrière, essaie de comprendre. J'ai envie de crier : Vous entendez, elle parle de sa chair, de son squelette qui craque jusqu'à sécher la moelle de ses os.

De vieilles fornications remuent la région et tous les hommes furètent en quête de plaisir. Les nuits ne sont que chevauchées sauvages, sodomie, luxure. Le bruit se répand dans tout le coin. Là-bas, au moulin, dans l'abandon des nuits, sous les toits, peut-être aussi dans les fourrés du parc, tout n'est que gaudrioles et cavalcades démoniaques des femmes du village. Elles doivent se soumettre à toutes leurs exigences. Dans le noir intérieur les corps fragiles ondulent sous les draps tièdes, se crispent, vibrent. On les pousse à la débauche en jouant de la robustesse, des muscles. La peur éclaire leurs yeux. Des détraqués les obligent à se farder, les accusent d'envoûter les hommes, les traitent de mauvaises herbes. Les remords ne les étranglent pas. On les mord jusqu'au sang, on leur arrache leurs vêtements, on les attache, on leur porte des coups. Cris de douleur et d'effroi. On les traite de tous les noms, hystériques, démons, sales putes. *ils débloquent tous sont des bêtes sauvages*, écrit Émérence. *usures dessus usures dessous pour ravir son petit clou* Éleveurs, maquignons, culs-terreux, comtes, notaires, banquiers, médecins, tous y participent, se plantent entre leurs jambes. Femmes qu'ils plient à leur volonté. Elles ne sont pas des corps à aimer, de la viande peut-être. Émérence énumère quelques noms, elle parle aussi de *Léone une peau de vache* qui mène les cérémonies. Au départ, personne ne s'est méfié, c'étaient des fêtes comme un bal où coule le vin blanc, les pétillants sur une musique de bastringue. L'air de rien, on fait boire les filles, certaines viennent d'ailleurs, elles rient, se hissent dans les soupentes, s'allongent. Parfois, les soirées tournent mal, certaines ressortent un genou déboîté, un œil au beurre noir. Quelques-unes engrossées. Elles sont de simples mortelles, des égarées sans argent, on les nourrit à peine, un quignon de pain, un morceau de gibier. Elles ne pouvaient plus tenir, épuisées comme les saumons après le frai qui se laissent dériver. Elles s'enfuient à pied sur la route, on les rattrape, on insiste, on les rosse. Elles doivent se taire, elles ne rêvent plus. Émérence n'en peut plus, dépérit, elle aussi, comme les autres. Elle ne baisse pas les bras. Elle a bien tenté de s'y soustraire par instinct sans doute, mais la peur se tait, la crainte se terre. Elle voulait faire quelque chose, se sauver, entraîner ses copines d'infortune. Elle ne savait pas encore comment se débrouiller :

fallait quitter ce bordel tous ces sauvages la puanteur du péché germait dans nos corps n'arrivais plus à manger à marcher plus de jambes trébuchais plus envie de rien à peine une enveloppe de peau me tenais sur mes gardes le sommeil ne voulait plus de moi devenais vieille n'étais plus rien ma vie vaut rien nous valons pas grand-chose

Rédigés à la hâte, ses mots se bousculent, se pressent sur ses lèvres. Mon cœur se serre. Sur la page d'après, l'écriture chaotique de ces quelques mots en grosses lettres : *ai les yeux d'une noyée et ils ont encore envie de moi.* L'image s'incruste dans mon esprit. La feuille qui suit n'est qu'une large tache de sang séché, l'empreinte d'une main, la sienne sans doute. L'envie irrépressible me prend de poser ma main droite sur l'empreinte de la sienne. Est-ce un signe de la Providence, nos deux mains s'accordent, ne font qu'une. Ce simple geste me remue de fond en comble comme si je lui avais tenu la main. Je sens s'installer une petite douleur, sous mes pas un abîme. Je tends vers le ciel ma bouche grande ouverte et tente d'aspirer une large goulée d'air. Chaque bouffée me semble être la respiration d'Émérence.

Maintenant tout s'éclaircit. Émérence n'a plus voulu voir un homme de ses yeux et a renoncé à ces accouplements forcés, elle parvient à s'échapper. Une vie nouvelle commence pour elle. D'abord retirée dans une maison au fond d'un bois, elle décrit une ancienne ferme ou un pavillon de chasse à l'abandon en haut d'une colline. Émérence tente de sauver ses semblables, ses sœurs d'infortune. Combien d'entre elles ont-elles pu la suivre ou la rejoindre ? Elle ne le raconte pas. Une demi-douzaine, peut-être dix.

sont mortifiées se sentent abandonnées nous ont détruites certaines meurent jamais personne nous touchera personne ne viendra nous chercher au milieu des chênes à l'ombre du pin loin des tentations des feux du désir les feux qui dévorent ceux qui rongent sommes l'ombre dans l'ombre sont mes sœurs ferais tout pour elles pour celles qui m'ont accompagnée suis la flamme fixe ô mon doux Jésus notre seul salut protégez-les aimez-les comme moi vous aime aidez-nous à chasser les mauvais souvenirs aidez-nous à cheminer vers le salut communions dans la charité d'un seul élan de l'âme

Ses lignes me touchent, je me dis qu'une vie ardente est impossible à éteindre et qu'une mauvaise mémoire eût mieux valu. Personne ne prend rien à personne. Elle s'est glissée en moi, c'est elle maintenant qui vogue dans mes veines, dans mes artères. Plus je tourne les pages du gros cahier, plus je sens monter en moi une panique, un désespoir comme si je devais me débattre à l'intérieur d'un trou noir. Elles se sont coupé les cheveux entre elles, certaines se sont même rasées comme des pécheresses salies qui se punissent et se mutilent. Tant bien que mal, elles se reconstruisent, vaquent aux tâches d'une petite communauté, cultivent un potager, élèvent des poules loin des démons et de la perdition. J'essaie de comprendre le point de bascule. Comment ce petit groupe de jeunes femmes avait-il pu échapper à ses monstres, comment ces femmes avaient-elles pu s'établir sans aide ? Dans ses pages sans dates, de grands blancs, des feuilles arrachées, d'autres griffonnées rageusement, des noms barrés, des absences qui m'empêchent d'élucider totalement le mystère. J'attends une étincelle. Il me reste encore quelques pages à lire quand surgit, sans même frapper, Grémille dans sa robe de chambre mauve. Il frappe le sol de sa canne, trois coups comme au théâtre. Ses yeux roulent, sa voix mitraille : Nous vous gardons à déjeuner, n'est-ce pas ? Odette insiste. Sans réfléchir, j'accepte l'invitation pour m'en débarrasser et me ravise aussitôt juste après qu'il a claqué la porte : Je suis bouleversée, la lecture du cahier me renverse, vous comprenez bien, je préfère terminer, ne m'en veuillez pas. Le soupir de sa voix dans le couloir : Vous en savez déjà beaucoup trop. Votre imagination vaut peut-être bien davantage. Je murmure : Plus rien ne peut m'empêcher de savoir. Mais je crois qu'il ne m'a pas entendue. Une question me brûle les lèvres : lui, Grémille, comment s'est-il procuré le cahier noir ?

Je poursuis ma lecture et c'est Émérence qui tourne les pages. J'aimerais que rien ne m'échappe de sa vie mais son cahier est un désordre de faits, un chuchotement de sa vie. Elle a su se protéger des diables d'hommes qui l'ont souillée, elle est parvenue à se débarrasser d'eux mais je ne voyais toujours pas encore comment Dieu s'était manifesté dans sa vie. Il me manque ce déclic, cette révélation. Je continue la lecture, avide. Elle décrit en détail le quotidien de sa petite communauté de femmes, comment elles s'organisent. Leurs journées ne sont jamais vides. Vêtues d'habits de rien, de guenilles, elles apprennent la couture et se fabriquent des bas de laine et même des sandales avec des morceaux de cuir qu'elles trouvent ici ou là. Elles errent dans la campagne à la recherche de ce qui les aide à vivre, ramassent des cailloux, taillent les pierres, élèvent des murs de torchis, des chèvres aussi, font des fromages, réparent le toit d'ardoise tant bien que mal, se guérissent de petits maux avec des plantes, font pousser des fleurs roses et blanches, en font des guirlandes. L'hiver, elles bêchent la terre, le soir venu se recueillent autour d'un feu, chantent des airs qu'elles avaient entendus lors de fêtes au village ou un de ces hymnes appris enfant à la messe. Les jours et les nuits passent, elles attendent la promesse d'un printemps. Ce jour viendra. Quand elles croisent des villageois des alentours, elles sont moquées, huées, lapidées peut-être. Émérence raconte la fois où, insultée, forte de son dégoût, elle a levé son doigt en direction du ciel comme un avertissement et s'est écriée :

suis Dieu savais plus ce que je disais savais rien ça m'est sorti comme ça après ils nous ont fichu la paix ils n'étaient pas bons nous sommes les folles

À la suite de cet événement, elle se jette dans la prière et parvient à convaincre sa petite compagnie de femmes de convoquer Dieu soir et matin.

faisons-nous silencieuses sommes ses filles bien-aimées Jésus ce rocher nous l'adorerons pour lui-même il nous domine toutes au-dessus nos douleurs nos peines nos souffrances aimons cette obscurité qui nous a conduites jusqu'à lui

Plus loin :

il est partout dans tout ce qui nous entoure l'eau coule au bas du chemin l'arbre renaît au printemps les choux et les œufs nous nourrissent le soleil nous envahit de ses rayons la lumière de midi Jésus notre grâce l'amour est un seul... la rose rouge sombre naît au matin son parfum nous enivre vaut tous les vins nous te donnerons tout nous entrerons dans ton ciel la peine est l'habit de ceux qui aiment

Les femmes, durcies, avaient trouvé la paix, retirées loin de la méchanceté des hommes et des blessures. Lassées, elles n'avaient plus besoin de personne. Elles ont retrouvé la joie et une certaine allégresse. Même si, épuisées pour la plupart d'entre elles, elles avaient encore conscience de leur enfermement, demeuraient une anxiété, une résignation, une extase. Émérence émet un rayonnement, une plénitude brute qui entraîne ses semblables, elle ne se situe pas au-dessus des autres femmes, elle les rassure, simple et généreuse comme on peut l'être entre sœurs à tendre la main. Elle leur explique, naïvement, que nous sommes faits de chair et d'une âme, *la vie longue longue glissade vers la mort l'âme plus forte survivra à la mort*, écrit-elle encore.

Je suis curieuse d'imaginer celle qui semble habiter l'éternité. J'ai encore en tête la vague ébauche délavée sur le pilier d'une chapelle, mais ce n'est pas elle, il n'existe pas de représentations de mon Émérence. Et il n'y a sans doute pas encore d'ordinateur assez puissant pour me répondre. Si je ferme les yeux, je vois dans les buées de l'aube une innocente beauté agenouillée, fagot de bois sec perdu dans ses prières aux pleurs salés, vêtue d'une simple robe noire, col blanc, serrée à la taille, bottines noires, châle noir. Un fichu ou une coiffe cachant ses cheveux encadre la pâleur de son visage. Autour, les autres femmes. Mais il suffit que je l'imagine, ma chère ombre s'évanouit à l'instant et perd toute substance. Continue-t-elle à vivre ? Rien n'est jamais annulé, je suis maintenant convaincue que son âme demeure. Elle résiste, elle s'acharne. Qui me libérera de son fantôme ? Il faudra que l'on m'explique.

J'aurais bien appelé Victor Caposi et Alexandre Bonnencontre pour leur faire part de ma découverte du cahier noir mais quelque chose m'en empêche. Dans la pièce, je sens encore l'œil d'Émérence m'observer, elle est présente avec moi mais plus je m'approche d'elle, plus elle semble s'éloigner comme un aimant en perte d'attraction. J'envie sa liberté d'apparaître, de disparaître à sa guise, d'échapper aux regards. Quel mécanicien, quel artiste la commande ? Sait-elle qu'elle me parle ? Sait-elle seulement que je me tiens près d'elle ? Le mirage de son image vacillante continue à m'assaillir jusqu'à m'engourdir. L'air se raréfie, quelque chose m'asphyxie. Je dois me reprendre. J'espère qu'elle ne fait que passer.

Un tintement cristallin m'extrait de mes divagations et Grémille qui hurle : À table ! Comme si j'avais faim. J'aurais préféré me contenter d'un sandwich au bord d'un zinc plutôt que de m'asseoir avec eux. Un fumet parvient jusqu'à moi, canard, navets, si je ne me trompe pas. Je rejoins le couple déjà attablé dans la cuisine, serviettes nouées autour du cou. Odette en bout de table et son puissant parfum de jasmin. Je prends place face à Grémille, vieil enfant en robe de chambre d'un mauve de lingerie. Je le félicite pour sa cuisine qui semble l'occuper et je ne peux me refréner et me lance sur Émérence. Ses paroles me glacent : On ne sait plus très bien distinguer le vrai du faux, il y a une part de la légende locale avec Émérence, ces réunions, ces bacchanales tenaient un peu d'une secte initiatique. C'est si loin déjà, il est compliqué d'en démêler les écheveaux. Odette lève les yeux de son assiette, nous observe brièvement, se contentant d'acquiescer. Je respire mal et je n'ose pas me lever et ouvrir la fenêtre.

Où avez-vous eu ça ? Je mourais de lui demander d'où il tenait le manuscrit. Je me jette à l'eau : Comment avez-vous obtenu ce gros cahier ? D'où vient-il ? Je le presse, je crains qu'il ne m'envoie sur les roses. Grémille pose ses couverts, se frotte les yeux avec ses deux poings : Lorsque nous nous sommes installés ici, il y a quelques années, j'ai fait la connaissance du curé, le père Riccordeau, qui, hélas, vient de nous quitter. Il vidait un bâtiment situé derrière son église et m'a demandé de l'aider à débarrasser. Comme je m'intéressais aux livres, il m'a donné tout ce qui traînait sur les étagères. Je suis reparti avec des vieux missels, des évangiles, des écrits religieux divers, et même des plans, des actes de vente du temps du Cardinal. Au milieu de tout ce fatras de vieux papiers dormait le cahier d'Émérence. L'abbé l'avait isolé. Il m'a dit : Celui-là je vous le confie, lisez-le et conservez-le précieusement. Dès que j'en eus terminé la lecture, j'ai voulu, comme vous, en savoir plus. Voilà. J'ai revendu la plupart des manuscrits et autres bondieuseries mais j'ai conservé le cahier noir. En souvenir de l'abbé Riccordeau, certes, mais pas seulement. Ne me demandez pas pourquoi. Je ne peux pas l'expliquer. Je ne m'en séparerai jamais, quelque chose me retenait. Je l'ai lu et relu. À chaque lecture, une sale douleur m'étreint. Rien que de l'évoquer, j'en ai l'appétit coupé. – Allons reprenez-vous, Serge, rembarre sèchement Odette, suivi d'un petit rire, Odette qui n'avait jusque-là pas encore ouvert la bouche, tout en se balançant sur son fauteuil roulant. Elle braque sur moi un regard d'une extrême fatigue où brasille un semblant de colère. Soudain, lasse de ce couple, je me tais et m'apprête à le quitter. L'idée même de m'enfuir me vient. Mais Grémille nous sert un café, accompagné d'un verre d'une liqueur verte pour Odette.

Après le café et un cigarillo à demi fumé, Grémille me dit qu'il se doit de me montrer quelque chose qui m'aidera. Il souhaite que je l'attende dans son bureau. Au-dessus de la porte, un crucifix de petite taille barré d'un rameau de buis. Je ne sais si j'ai eu le temps de saluer Odette qui s'est déjà retirée. Le libraire a troqué sa robe de chambre pour un blazer à boutons dorés aux manches trop longues. En route, lâche-t-il, canne en avant. Sous le couvert des tilleuls de la place carrée et de la lumière d'un orage qui approche, son visage noyé dans l'ombre prend, une nouvelle fois, la blancheur d'un masque mortuaire. Grémille marche en boitant, nous avançons à petits pas dans la rue aux façades aveugles et silencieuses. À un angle, un café ouvert où résonne un billard électrique : Le seul endroit où il y a encore une âme. Sa voix désarmée ne lui ressemble pas. Il se reprend et, retrouvant son ton saccadé, il m'évoque les déboires de Richelieu, son château démantelé, ses commerces à l'abandon et ses rumeurs qui insistent. Je ne sais toujours pas où il m'entraîne, je me laisse guider. D'une effroyable loquacité, il commente presque chaque maison, les fleurit d'une anecdote comme s'il était le maître du village. Arrivés sur le parvis de l'église aux deux flèches, mon cœur se met à battre très fort. Je sens des ondes me traverser et je reçois ces échos comme un nouveau signe d'Émérence. Un seul cœur, une seule âme. J'essaie que Grémille ne s'aperçoive pas de ma fébrilité. Le libraire me précède et pousse la porte qu'il retient. J'entre la première. Une senteur de suint et d'encens froid. Grémille plonge sa main dans le bénitier, se signe et abandonne la nef pour le bas-côté droit. Je lui emboîte le pas. Dans un coin, une mobylette bleue : C'est celle de Riccordeau qui est restée là, personne n'ose y toucher, me glisse à l'oreille Grémille. Nos pas résonnent sur les dalles au rythme de sa canne. Nous passons devant une première chapelle où, agenouillée sur un prie-Dieu, une de ces dames d'église à voile de crêpe et à chapelet fuyant entre les doigts donne l'air de fredonner une chanson muette. Le froid me tombe sur les épaules. Quelques pas encore. Brusquement Grémille s'arrête et d'un signe de tête m'indique un long tableau horizontal que je n'avais pas remarqué dans la semi-pénombre. Grémille recule, s'éloigne de sa démarche un peu raide et me laisse seule face au Christ mort sur son linceul. Frémissement remontant de l'abîme. Je m'approche à quelques centimètres, me penche sur le visage promis à la nuit, main trouée transie sur le cœur, plaie rouge au flanc droit... Ce visage n'est pas celui d'un homme. C'est la douleur et l'anéantissement que je contemple. Tête à tête dans la lumière de faux jour. Mes yeux errent de long en large sur la parure de chair froide comme si le soleil n'avait jamais brillé. Le souffle court, nerfs en alerte, ondes de sang, je demeure pétrifiée, mes membres se raidissent, je ne sens plus mon cœur. J'y appose mes deux mains pour le retenir. Je garde le silence et il me semble que ce silence s'approfondit. Plus rien n'existe face à ce corps étendu dans les éthers. Je reçois les effusions d'un rayon invisible, les remous d'une lave bouillent en moi. Une partie de moi s'enfonce dans cette illusion, prisonnière de cette beauté convulsive. Je m'y absorbe, un instant, une éternité. Au-dehors, le cri brusque des corbeaux.

J'entends le claquement de la canne de Grémille revenir. Sa marche de somnambule réveille les plis de mon imagination. Je lui avoue que je n'ai pas compris ce qui m'a animée. J'aimerais tant sortir de ma nuit, être instruite de ce qui se passe. Après un silence, le libraire, un sourire sous sa moustache, marmonne : La main qui inflige la blessure est aussi celle de celui qui la guérit. J'ai l'audace de répéter sa phrase mystérieuse. Il s'accroche à mon bras, le serre et je ne sais si c'est pour me soutenir ou s'il s'appuie pour s'aider à marcher. Nous sortons de l'église. Je lève les yeux vers le ciel pour me soulager, reprendre une respiration. La lumière coupante m'éblouit. Des wagons de nuages blancs se poussent sur un rail bleu. Cahin-caha, nous arrivons jusqu'au café à l'angle de la place. Je quitte son bras et c'est moi qui tiens la porte vitrée. Nous nous asseyons à une des tables de Formica rouge. Amarré au flipper un jeune type au crâne rasé relance les billes de métal. L'homme derrière le comptoir, un lourd aux joues pourpres ceinturé d'un tablier bleu, s'adresse à nous sans quitter son zinc : Un café ? Grémille commande un cognac et je me surprends, en prononçant : Deux. Grémille, sur un ton de confidence comme s'il voulait que personne ne nous entende mais le cliquetis du flipper couvre sa voix : Maintenant, je vous explique, mon cher abbé Riccordeau connaissait bien l'histoire d'Émérence. Le tableau du Christ que vous venez de voir et qui vous a secouée a été le déclencheur de sa métamorphose. Un jour qu'elle avait pu s'échapper du moulin, elle est entrée dans l'église comme nous venons de le faire et face à lui, elle a été transformée. Elle a été aveuglée, elle se serait écriée : *Le Christ me couvre de son ombre Christ mon infini.* Ce jour-là, Dieu lui a parlé, elle a reçu son doux chant. Elle en est ressortie transfigurée et a mis sur pied sa petite communauté. Était-ce un signe de la Providence ? À partir de ce jour-là, elle n'a plus voulu paraître nue devant un homme. Elle a senti que plus rien ne pourrait l'atteindre. Grémille avale cul sec son verre d'alcool que vient d'apporter le cafetier. Je trempe mes lèvres dans le cognac et repose aussitôt mon verre. Grémille reprend le fil de son récit : Eût-il fallu que Jésus l'appelle, que Jésus lui montre le chemin, que Jésus lui ait demandé de le suivre ? Qui a la réponse ? Émérence a cheminé vers le salut, vers l'inconnu, elle s'y est jetée comme dans un abîme... Elle a rassemblé les brebis égarées, les a détournées du mal. Grémille remâche sa phrase : Oui, elle a détourné du mal celles qui avaient été outragées. Vous avez lu les derniers mots de son cahier, vous vous souvenez de cette phrase : *Jésus ma consolation Jésus a sauvé plus que ma vie.*

L'abbé Riccordeau a fait beaucoup pour Émérence. Il avait compris les obscures victimes qui avaient souffert corps et âme. Leurs bourreaux le dégoûtaient. C'est lui qui a insisté auprès de l'évêché, il est même allé jusqu'à Rome pour convaincre mais pas avec sa mobylette bleue. Grémille sourit, son visage s'éclaircit. Il a été rappelé au Vatican mais il ne voulait pas quitter notre paroisse. Hélas, il n'a pas été remplacé, il n'y a personne pour être curé et plus personne ne va à la messe aujourd'hui, mais c'est une autre histoire. Il demeure un instant songeur, puis reprend : Par ce qu'elle a enduré Émérence accède enfin à la gloire de martyre et de sainte. Et ce n'est que justice. Ah j'aurais bien partagé la nouvelle avec mon vieux Riccordeau, il est parti trop tôt, le pauvre. J'acquiesce, compatissante, hochant la tête. Je brûle de savoir où se trouvait le lieu où Émérence s'était établie avec ses amies d'infortune, lui doit savoir. Grémille hésite puis, après m'avoir dit que moi aussi, à ma manière, j'avais été touchée par la grâce, il m'indique une route à quelques kilomètres de là et me précise : Vous ne verrez pas grand-chose, plus personne ne s'y rend... Vous trouverez une rangée de peupliers et un vague chemin, il faut le suivre et grimper jusqu'en haut. On ne s'y rend qu'à pied. Autrefois, il y avait un pèlerinage au mois d'août et maintenant plus rien.

Devant le café, au moment de nous séparer, il me fixe, lâche sa canne à pommeau, me saisit les deux mains et ne peut se retenir de m'embrasser : Je penserai souvent à vous comme je pense à Émérence. Je lui ramasse sa canne et le regarde partir en clopinant. J'aurais bien aimé en savoir plus mais après tout Grémille dit-il toute la vérité, je ne le saurai jamais. Et retrouve ma voiture devant l'hôtel du Puits d'or. À une des fenêtres du premier étage, une ombre violette. Dieu voit tout, entend tout, comme m'a dit Grémille, cette phrase que j'avais déjà entendue et qui autrefois me faisait sourire. Je franchis une des portes de la ville avec l'impression de laisser derrière moi quelque chose d'indicible. Je passe les vitesses et, une fois de plus, c'est comme si quelqu'un d'autre que moi appuyait sur l'accélérateur et tenait le volant. Derrière les hautes grilles du parc, les arbres centenaires agitent leurs branches et je me rends compte que ce sont les mêmes arbres qu'avait dû voir Émérence. La petite route déroule son ruban de bitume le long d'une rivière. Je suis la direction indiquée par Grémille, j'avance à l'aveugle, j'avance comme si j'étais tenue à certains lieux par des attaches invisibles, sans savoir à quel astre j'obéis. Mon cœur voudrait trouver le repos. Je roule au hasard, les ombres dévorent les bas-côtés. Un oiseau à tête de taureau frôle le pare-brise toutes ailes déployées et m'oblige à faire un écart. Après une suite de virages, la route se resserre et s'achève au bas d'une sente de cailloux. Des peupliers s'élèvent si hauts qu'ils semblent parler au ciel. J'abandonne ma voiture au pied de la pente et la gravis dans des arômes de fraîcheur, mes pas écrasent d'odorantes feuilles de menthe. Je marche jusqu'à une zone incertaine, sens monter en moi une douce chaleur puis ma poitrine se comprimer douloureusement. Des ronciers, de vieux ormes défaits barrent le sentier, plus haut encore un arpent de cailloux où soufflent les vents. Je pense m'être égarée, je cherche un passage, un signe, des traces au milieu des buissons sauvages. Je m'enfonce dans les taillis malgré les embûches, déchire une manche, m'égratigne pour parvenir à des éboulis envahis d'une végétation hostile. Ruines d'une maison sans toiture, sans charpente, à peine quelques murs effondrés, des fragments d'ardoise et des empreintes de feu sur le tuffeau blanc. Derrière ces reliefs d'abandon, dans le bourdonnement tranquille des insectes, on pourrait encore deviner les délimitations d'un ancien enclos, un jardin qui n'est plus domestiqué depuis des décennies. Un figuier aux larges feuilles dentelées prend ses aises. Des étourneaux tournent en nuage autour. La brutale vague de lumière du soir irise une rose rouge sombre appuyée sur les pierres. Je me dissous dans ses tonalités carnées, absente de toute pensée. Mon cœur résonne, vieux battement dans le vide, frémissement convulsif, comme si la terre se soulevait et se dérobait; je serre les genoux qui s'entrechoquent. C'est donc là qu'Émérence et ses amies, détournées des souillures, s'astreignaient à psalmodier, à passer leurs jours et leurs nuits en prière dans la puissance et la force des mots. Toutes devaient y trouver des choses admirables, un amour sensible, une jeunesse et une joie nouvelles à les réciter. Dans les feuillages bruissent leurs rires d'enfants recousus. Combien de temps ont-elles demeuré là à oublier leurs amers printemps?

Atteinte d'un mal considérable, brûlée par les fièvres, Émérence se tenait prête à paraître devant Dieu, elle n'avait rien d'autre dans le cœur et dans l'esprit que d'aider et de sauver les autres filles qui l'accompagnaient. Elle savait que le Christ faisait la grâce du pardon de ses fautes ; était-ce pour autant une consolation ? Lui restait donc la prière dans laquelle elle transportait ses amies. Ici la mort avançait. Nul n'est venu les soigner et sans doute ont-elles disparu les unes après les autres, emportées par le froid humide, les fleurs blanches, la tuberculose, le chagrin… Les prières et la lumière des anges ne suffisaient pas à y remédier. Là, dans le secret de ce jardin envahi par les épines, elle meurt dans la paix du Christ. Émérence, il faut que je crie son nom.

Des miaulements au milieu des ruines m'enlèvent à mes songes. Une armée de chatons multicolores errent, comme s'ils étaient affamés, à la recherche de leur mère. Je suis convaincue qu'Émérence a nourri leurs aïeux, qu'ils vivent là en terres conquises. Je caresse l'un, caresse l'autre, enfonce mes doigts dans leur fourrure, ils se frottent à moi. Hélas je n'ai rien à leur donner et les encourage à chasser les mulots. J'en aurais volontiers ramené un avec moi mais aussi laissé les autres, je ne pouvais les prendre tous, alors pourquoi en choisir un.

Plus haut, s'étend la grande forêt de chênes qui pousse ses branches. À l'ombre d'un pin, quelques marches de pierre, où court le lierre et se chauffent les lézards, mènent à un tertre. En contrebas, s'ouvrent sur la plaine des bois des rangs de vignes. Tout au bas du chemin de rocaille, la rivière où, j'imagine, elle venait puiser l'eau claire, s'y baigner les jours de chaleur. Je m'absorbe dans cette vue. À l'heure des derniers rayons, je me laisse posséder par ce paysage qui devait être pour elle le plus rare trésor de la terre. Dans les herbes sans âge brille une cloche de bronze, je la ramasse et la prends avec moi, la serrant sur ma poitrine comme un voleur de tombeau peut fuir à la hâte, honteux. J'essaie de chasser ce sentiment, peut-être est-ce encore un dernier signe qu'elle me fait.

Maintenant le soir tombe, le disque du soleil s'est enfoncé derrière les arbres. Il est temps de la laisser en paix. En quittant la maison d'Émérence perdue dans les bois sans chemin, je croise une petite femme chenue et courbée qui traîne avec peine derrière elle un landau où débordent des fagots. Je la salue et lui demande où elle va, elle me répond d'un borborygme. Il est temps pour moi de redescendre, de retrouver ma vie d'avant, de ne pas souffrir de son absence. La cloche de bronze tinte au moindre soubresaut, comme pour me prouver qu'à chaque pas j'existe. Je me sens tellement seule, je crains qu'un immense silence ne m'engloutisse. Je me tiens prête à faire appel au premier venu. Les saints, eux, dialoguent avec le Très-Haut, ils voyagent, dit-on, dans un espace indéfini, celui des légendes et de la foi, celui de l'imaginaire des croyants. Une moitié de mon esprit pense encore à elle, l'autre retourne à la vie sans elle. Je n'ai pas sa grande force. Je me parle à moi-même, essaie de me raisonner. Ça ne mène nulle part, il me faut me retrouver, m'ôter ce poids sur la poitrine, me réjouir de nuits sans Émérence où sa vie ne viendra plus cogner autour de moi. Sortir d'un long rêve où je n'entendrai plus son écho. Les saintes ne sont pas toutes sûres d'être aimées, on finit par les oublier. Brouillées par la fumée des pluies, elles finissent dans l'ombre d'une chapelle, tête un peu baissée ou sur la page d'un calendrier que l'on ne regarde plus. Peut-être accueillent-elles encore avec mansuétude quelques pécheurs perdus. Qui sait ?

Je n'ai plus besoin d'être guidée par Émérence, j'en sais suffisamment même si, son cœur en exil, elle demeurera toujours pour moi une énigme, une interrogation perpétuelle, une amie lointaine.

Me sentir neuve, comme si elle n'avait jamais existé. Mon cœur battra à nouveau en mon seul nom et peut-être qu'un jour nous nous frôlerons comme deux passantes.

Composition : PCA
Achevé d'imprimer
par l'Imprimerie Floch
à Mayenne, en mai 2023.
Dépôt légal : août 2023.
Numéro d'imprimeur : 102617.
ISBN 978-2-7152-6137-2 / Imprimé en France.

555934